The story of myself joining the Devil army and achieving true happiness.

「クロムウェル！　鍛錬しに行くぞ！」
クロムウェル・シューマン
Cromwell Schumann
親友の陰に隠れてぼっちな学園生活を満喫中。まだ本気出してないだけ。
レックス・アルベール
Rex Albert
クロムウェルの親友で幼馴染。剣の腕前と魔法の素質はマジックアカデミアでもピカイチの才能。

「私とやるのはどうかな……？」
マリア・コレット
Maria Collette
マジックアカデミアの
同級生。
クロムウェルのことを
気にしている。

「やれやれ驚いたよ。
まさかアロンダイトを
使わされる羽目になるとは」

「今、私の魔力を送っていますから
少しは良くなると思います」
セリス
Celis
サキュバスで、クロムウェルの
秘書を務める。
クロのことを知っていくたび、
少しずつ惹かれていって……。

「え、えっと……朝なの」
アルカ
Arca
人間達に襲われ、
孤児になったところをクロムウェルに
拾われたメフィスト族の少女。

The story of myself joining the Devil army and achieving true happiness.

CONTENTS

illust：riritto
design：林健太郎デザイン事務所

陰に隠れてた俺が魔王軍に入って本当の幸せを掴むまで

松尾からすけ

角川スニーカー文庫

21982

口絵・本文イラスト／ｒｉｒｉｔｔｏ
口絵・本文デザイン／林健太郎デザイン事務所

第1章　俺が魔王軍に入るまで

「ごめんなさい、他に好きな人がいるの。だから、シューマン君の気持ちには応えられないわ」

あちゃー……やっぱ駄目だったか。

この呪われた人生を少しでも変えようと、クラスのマドンナであるフローラ・ブルゴーニュに勢いで告白してみたんだが、結果は玉砕。残念そうにまつ毛を落とす彼女の顔を見ているだけで、罪悪感が俺の身体《からだ》から溢《あふ》れ出しそうだ。

「あー……いいんだ。気にしないで欲しい」

「本当にごめんなさい……」

申し訳なさそうに深々と頭を下げるフローラさん。その目には薄《うっす》らと涙がたまっている。

……いや、あれだよ？　可愛《かわい》いとは思ってたよ？　若葉のような緑の髪に大きな瞳、スラっと線の細いモデルのような体型。クラスでも一、二を争う美少女だよ。

でも、そんなに本気で謝られると、あっ、この子ちょっといいかも？　ぐらいで告白した俺マジ屑《くず》じゃん。日の当たらない学園生活からおさらばしたいがために、軽い気持ちで好きって言ってみた俺マジゴミじゃん。本当にごめんなさい。

なんとも言えない微妙な空気が俺達を包んでいる。と、とりあえず会話を続けないと。

「……もしよければなんだけど、ブルゴーニュさんの好きな人って誰か聞いてもいい？」

うん、これで後腐れはないってもんだ。教えてもらえても、もらえなくても「そっか、うまくいくといいね」って爽やかに笑いかけて、この場を去れば全部丸く収まるはず。天才のそれとしか言いようの無い完璧な作戦。

いやーあれだ。告白自体は上手《うま》くいかなかったけど、大事なのはあいつとは関わりないことをやることだからな、うん。そして、俺は見事それを成し遂げた。なんとなく達成感を覚えるぞ。

勘のいいあいつから隠れて告白するのは骨が折れたが、それだけの価値はあった！　見たか、この野郎!!　呪われた人生からは今日でおさらばだ!!

フローラさんが少しだけ頰《ほお》を赤く染めあげ、僅かに口角を上げながら、流し目で俺を見た。

「……私はレックス君のことが好きなの」

悲報、呪われた人生はまだ続くようです。

「あー……そうなんだ……う、うまくいくといいね！　それじゃ！」

やべっ。若干声が上ずった。っていうか、颯爽《さっそう》と退場しようとしたのに、右手と右足が一緒に出ちまってる。どんだけ動揺してんだ俺。

俺はフローラさんを残し、校舎の裏から早足で立ち去ると、壁にもたれかかった。そして、誰もいないのを確認して、盛大にため息を吐《つ》きながら空を仰ぐ。

今日もいい天気だなちくしょー。やってらんねぇぜ。やっつけで告白したっていうのに結局あいつに繋《つな》がんのかよ。これじゃ恋敵に憎まれ口の一つも叩《たた》けやしないじゃねぇか。

なんたって、あいつは俺の親友だからな。

俺の名前はクロムウェル・シューマン。

中肉中背、見た目も普通で出自も普通な黒髪ボーイ。どこにでもいるようなモブキャラとは俺の事さ。うるせぇよ。

ハックルベルという小さな村で生まれ育った俺は、幼い頃に両親を亡くしてね。まぁ、だからといって、別に不幸な人生を歩んできたわけじゃないけど。

あの村はほとんど村民がいないから、村人全員家族みたいなところでさ。身寄りのない俺を村ぐるみで養ってくれたんだ。みんな自分達が食っていくだけで精一杯だっていうのにだ。本当、幸せもんだったよ、俺は。

え？　両親がいないことが呪われた人生だって？　そういうことじゃねぇんだよな。

確かに寂しい思いをしたこともあったが、村人みんなが家族なんだ。いつも誰かが俺の側《そば》にいてくれたのさ。せっかく生きているのに、親と子がほとんど顔を合わせない王都の貴族なんかに比べたら、よっぽど愛情を受けて育ったよ。だから、そのことを呪いだなんて思ったことは一度もない。

そんな俺は今、マジックアカデミアって呼ばれる学校に下宿している。

なんかこの世界には人間以外に魔族とかいう強大な力を持っている奴《やつ》らがいるらしい、知らんけど。

んで、その魔族っていうのが人間の領土を狙って侵略しようとしているらしい、知らんけど。

それで、そいつらに対抗するために、ここは才ある若者を集めて勇者として育て上げる学校らしい、知らんけど。

俺は歴史の授業中、ほとんど寝ているらしい、これは知っている。

まぁ、そんな将来有望なエリート達が集まるこんな学校になんで俺なんかがいるのかというと、授業中だというのに隣でいびきをかいているバカのせい。

こいつの名前はレックス・アルベール。

高身長、足長、イケメン。髪色は輝くような金。性格は明朗快活で、誰とでもすぐに仲良くなる。おまけに剣の腕前と魔法の素質はこの学園でもピカイチときてる。化物かよ。

こいつもハックルベル出身で、物心つく前から一緒にいるんだよな。

類まれなる才能が村を超えて、この王都にあるマジックアカデミアにまで聞こえたらしく、わざわざスカウトが俺達の村まできたんだよ。

もう、そん時の村はお祭り騒ぎだったね。英雄がこの村から生まれるぞー！　って村長も大騒ぎ！　当然二つ返事で入学するって言うと思ったら、この馬鹿はとんでもないことを言いだしやがった。

――こいつと一緒ならいいぜ？

もうね、村人ぽかーん、スカウトぽかーん、俺ぽかーんですよ。いや、俺はなんとなく嫌な予感はしていたんだけどさ。

そりゃ四六時中一緒にいれば顔見ただけで何を言うのかわかりますよ。いやむしろ顔見なくてもわかりますよ。

スカウトもこんな金の卵を泣く泣く手放すわけにもいかず、渋い顔をしながら俺の入学を承諾。当然、俺の意思など無視。それで、今もこいつと一緒にマジックアカデミアで授業を受けてるって話ですわ。

そんなわけでこいつは俺の親友。そして、俺の呪いの元凶。

いや、考えてもみてくださいよ？　こんな完璧超人が側にいて、自分にスポットライトが当たると思います？

俺が懐中電灯で必死に自分の顔を照らし出しても、こいつは目の眩《くら》むような閃光《せんこう》でそんなもんかき消しちまう。誰も俺の事なんか見ていない、集まる視線は俺の隣にいる太陽。

生まれた時から主人公体質であるこいつの近くにいれば、そうなることは必然。

俺はどう転んでも日陰者。こいつの物語を盛り上げるための道化師《ピエロ》になるくらいが関の山だな。

まぁ、でも……それも悪くないかな？

「今日は複合魔法陣について学習する……ん？」

机に突っ伏しているレックスが教師の目に留まる。おいおい、まさか……。

「レックス・アルベール！」

名前を呼ばれてもレックスは身動き一つしない。そりゃそうだ、こいつの趣味はお昼寝なのだ。一回寝たらそう簡単には目を覚まさない。

教師がつかつかと歩いていき、レックスの金髪を教科書で殴りつけた。

「ほへっ!?　て、敵襲か!?」

寝ぼけまなこで立ち上がったレックスを見てクラスに笑いが起こる。バカにしたようなものなんかじゃない、なんとなく温かみのある笑い。はー、これだから人気者ってやつは……何をやっても許される。

「レックス・アルベール。二年に進級した最初の授業で居眠りとは……魔法陣について説明しろ」

え？　まじ？　この教師、新人か？　レックスに問題を振るとか浅はかすぎんだろ。

レックスはポリポリと頭をかきながら教師の顔を眺める。そして、少しだけ肩を竦《すく》めながら立ち上がり、クラス全員に向き直った。

「魔法陣とは魔法の元になるもので、その描いた模様によって魔法の種類が変化する。描き上げた魔法陣に魔力を通すことによって、魔法の発動は可能。基本となるのは火、水、風、地の四属性。あー、あと魔法陣の大きさによって威力を変えることができる」

「なっ……⁉」

まるで教科書を読んでいるかのようにスラスラと答えるレックスを見て、教師は驚愕《きょうがく》の表情を浮かべる。

「それから、今先生が説明しようとしていた複合魔法陣は、同一種類の魔法陣を重ね合わせたモノだろ？　魔法陣が一つで初級魔法《シングル》、二つでは中級魔法《ダブル》、三つでは上級魔法《トリプル》、そして、四つの魔法陣を組み合わせて放つ魔法は最上級魔法《クアドラプル》だっけか。当然、組み合わせた魔法陣の数が多ければ多い程、魔法の効果は格段に上昇するけど、重ね合わせるには同一じゃなきゃ上手く魔法は発動しないから、繊細な魔法陣操作が必要になるな」

「ちょ、ちょっと待て……！」

今日の授業範囲であろう内容を説明し始めたレックスを慌てて止めようとするが、レックスは聞こえないふりで説明を続けた。クラスメート達は俯《うつむ》き、必死に笑いを堪《こら》えている。

「複合魔法陣とは別に複数魔法陣ってのも説明しとくか。複数魔法陣は種類の違う魔法陣を同時に発動する技術だ。単体で発動させるのは一種《ソロ》で二種類の魔法を同時に放つ場合は二種魔法《デュオ》。三種類は三種魔法《トリオ》、四種類は四種魔法《カルテット》。複合魔法陣よりは繊細な操作はいらないけど、違う種類の魔法陣を同時に描くため、並外れた集中力が必要になる……っと、こんなところでいいっすか？」

「……よくできた。座りたまえ」

あっけらかんと言い放ったレックスに、教師は顔を真っ赤にしながらも冷静に席へ着くよう指示する。レックスは「はーい」と気のない返事をすると、チラリと俺に視線を向けニヤッと悪役じみた笑みを浮かべた。

そうなんです。こいつ頭もいいんです。人間とは思えないスペックなんです。

俺が憐《あわ》れみの視線を向けると、教師は教壇に立った途端、さっきの屈辱を奇麗さっぱり忘れてしまったかのように授業を進める。プロか。

「アルベールの説明したとおりだ。一般人は魔法陣を三つ描くのが限度。しっかりと教育を受ければ八、九の魔法陣を描くことが可能になる。ただし、たくさん魔法陣が描けるからといって、誰でも最上級魔法《クアドラプル》を使えるとは限らない」

この教師……レックスが説明したから端折《はしょ》りやがった。なかなかにしたたかだな。

「伝説の勇者アルトリウスは二十以上もの魔法陣を描くことができ、息をするように四種最上級魔法《カルテットクアドラプル》を唱えられた、と言い伝えられている。君らもそうなるよう精進するべし」

伝説の勇者かぁ……たしか大昔に魔王と戦った英雄だっけか？　見たことないけど、なぜかレックスの姿と被《かぶ》るな。

まぁそんなどうでもいいことはおいといて、レックスのおかげでこの授業はもう眠ってもなんにも言われないだろ。次の授業に備えて俺は体力の回復に勤《いそ》しむぜ。レックス様様だな。俺は授業が終わるまで安らかなる眠りを満喫した。

座学の次は実技のお時間です。文武両道の精神って素晴らしいですね（ホジホジ）。

今日の実技の授業は剣術か。二人一組になって支給された木刀で打ち合う……二人一組？

いやいやちょっと待て。まだ慌てるのは早い。冷静さを欠いた奴から戦場では死んでいくんだ。とりあえず周りをキョロキョロ……あっこれダメなやつだ。俺の周りに一人身の奴がいない。

一縷《いちる》の望みをかけてレックスを見ても、大勢に囲まれててんやわんやのご様子。人気者は辛《つら》いのぉ。

いやいや、辛いのぉ、じゃねぇよ！　辛いのは俺だっつーのに!!　マジでこれはあかん！　俺がぼっちだということがばれてしまう！　早急になんとかせねば！

おっ！　あそこにぼっち仲間発見！　さりげなく近づき、隙を見て声をかける！

……あれ？　俺の身体《からだ》に磁石かなんかついてるのかな？　俺が近づくと、相手がその反動で離れていってしまうんだが？

あー！　もういい！　俺は一人で素振りをする!!　これも呪いのせいだ!!

あのバカの近くにいると女子からは当然の事、あいつのおこぼれに与《あずか》ろうとしていると思われているせいで、男子からも嫌われてるんだよ！

えっ？　お前のコミュ力に問題が？　ちょっと何言っているかわかりませんね。

「あの……？」

ん？　今、木刀をすごい速さで振ると、ビヨンビヨーンてしなって見える遊びをしているから、邪魔しないで欲しいんだけど……ってあれ？

「コレットさん？　どうかしたの？」

「あ、相手がいないので私とやるのはどうかな……？」

やって来たのは小柄なマリア・コレットさん。つい最近、俺が玉砕したフローラさんと双璧をなす美少女。正統派な美人であるフローラさんに対して、青髪ボブカットの小動物チックなマリアさんは、庇護《ひご》欲が掻《か》き立《た》てられる可愛《かわい》い系女子。そしてロリ巨乳。おそらく一人寂しく木刀を振っている俺を見かねて声をかけてくれたんだな。マリアさんマジ天使。

「俺も一人で困ってたんだ。お相手してもらってもいい？」

「は、はい！」

嬉《うれ》しそうにはにかむマリアさん。あー荒《すさ》んだ心がすげぇ癒《いや》されていくのを感じる。

女子相手に本気でやるわけにもいかない俺は、授業が終わるまでマリアさんとのチャンバラごっこを心行くまで楽しんだのだった。

はい、二年生になった初日の授業が無事全部終了。

ってありえねぇ!!　初日からこんなハードなスケジュールを組むか普通!?　朝九時から始まった授業が終わったのは夜の六時ですよ!?

まぁ、座学はほとんど睡眠学習に費やしたからそこまで疲れてないけどね。

夕食を食べ終え、部屋に戻ってきた俺は魔道具を起動させて明かりをともす。

マジックアカデミアでは一人一部屋あてがわれ、完全にプライバシーは保護される。しかもベッドに机に冷蔵魔道具、おまけに魔道具シャワーが全部屋に完備。村の暮らしよりも数段上だぞ、これ。ブルジョアめ。

とりあえずなんだかんだで汗かいたからシャワーを浴びて、今日の授業の復習を、って教科書とか机の中に置いてきたからできないわ。イヤー残念ダナー。シャワー最高ダナー。

ふぅ……さっぱりしたし、やることないから今日はもう寝ます！　きゃっほう‼　ベッドふかふかだぜ！　おやすみなさーい。

…………ん？

なんかドンドンって叩《たた》く音が聞こえるんですが？　しかもドアからじゃなくて窓から聞こえるんですが？　猛烈に嫌な予感がしてきたんですが？

目を向けたら最後だな。なにがあろうと俺はシカトを決めこむぜ。諦めろ、俺はもう夢の世界に旅立とうとしているのだから。

…………音がしなくなった。

なにこれ怖いんですけど？　えっホラー？　いっそのこと叩かれ続けた方がシカトしやすいわ！　……って、もしかしてあいつの仕業じゃない？

恐る恐る窓の方に目を向ける。その目に映ったのは満面の笑みを浮かべ、窓をたたき割ろうとしているバカの姿。月明かりに照らされたその金髪は、どこか幻想的な雰囲気を醸し出しており、それはまるで一枚の絵画のように……。

って何しとんじゃワレ!!

俺は慌てて起き上がると、勢いよく窓を開けた。

「おいバカ!!」

「おっ、なんだ起きてんじゃねーか。狸寝入り《たぬき》はよくないぞ、クロムウェル」

レックスは振り上げていた拳を下げると、何事もなかったかのように部屋へと入ってくる。そして部屋の明かりをつけると冷蔵魔道具から俺の秘蔵の蜂蜜酒を取り出し、椅子に座ってグビグビ飲み始めた。

「勝手に飲むんじゃねぇよ！」

「いいじゃねぇか。減るもんじゃねーし」

「減ってんだろうが！」

あっみなさん、この世界は十五歳で成人します。俺達は十七歳なんでお酒を飲んでも何ら問題ありません。未成年の飲酒、ダメ絶対。

俺が声を荒らげても全然響いてねぇな。つーかこいつと言い争っても無駄に体力減らすだけだわ。俺はため息を吐《つ》きながらベッドに腰掛ける。

「また冒険者ギルドの依頼をこなして買えばいいだろうが」

「お前が飲まなきゃ、そんな面倒くさいことしなくてよかったんだよ。さっさと出てけ」

「おいおい、えらくご機嫌斜めだな。これでも飲んで機嫌直せって」

俺が思いっきり睨《にら》みつけると、レックスは肩を竦めながら瓶を投げ渡した。なんか俺がレックスに恵んでもらったみたいで納得いかない。つーか、これ俺のだから！　この程度で機嫌が直るわけねぇだろ！　……あっ、美味《おい》しい。

「クロムウェルもさっさと冒険者ランクを上げれば、報酬ガッポガッポだぞ？」

「……そんなん上げるくらいなら寮でダラダラしてるわ」

冒険者ギルド……説明いる？　なんとなくわかると思うんだけど。

まぁ簡単に言うと仕事を斡旋《あっせん》してくれる場所。魔物倒したり、店の手伝いだったり、護衛だったり、仕事は様々多岐にわたる。

結構いい小遣い稼ぎになるから、マジックアカデミアの生徒は冒険者になっている奴《やつ》が多い。基本的に成人したら冒険者登録ができるからな。

ちなみに目の前に座っているこいつはBランクの冒険者。ランクはSまでだから上から三つ目。この歳《とし》でBランクとか、既に生きる伝説となりかけてるよ。

「そういや気になってたんだけど、なんで本気でやらねぇんだ？　冒険者も授業中の演習も」

「冒険者ギルドって馴《な》れ馴れしいやつが多いだろ？　……あんまり行きたくねぇんだよ」

知らないおっさんに突然話しかけられてみろ。対応に困るわ、普通。

「演習の時は……あれだ……その……ごにょごにょ……」

「あ？　なんだよ？」

「だから……一緒に演習してくれる奴がいないからだよ……」

「あっ……」

レックスは何かを察したように俺から視線をそらす。そして、いい笑顔で俺にドンマイ、って親指上げてきた。その指、へし折ってやろうか？

って、俺が自分の恥部をさらけ出している間に、隠していたスルメとかジャーキーとか出して酒盛りしようとしてるんだけど、こいつ。

「……お前、何しに来たんだよ？」

「ん？　あぁ、ここに来た目的忘れてた！」

レックスがスルメをはみはみしながらポンと手を打つ。今すぐにそのスルメを吐き出せ。そして、部屋から出ていけ。

ってか、なんか顔がイキイキし始めてない？　こいつがこういう顔する時っていいことないんだよね。いつものあれに付き合わされる気配がビンビンするんだけど。

「やべっ……体調悪くなってきたから俺は横になるわ」

「クロムウェル！　鍛錬しに行くぞ！」

はい、完全無視。先手打ったのに完璧スルー。後の先をとるってこういうことなのかなぁ……ってやかましいわ。

「おいっ！　勝手に決めんなよ！　俺は行かねぇぞ！」

みんなはこの台詞《せりふ》を俺がどこで言っていると思う？　部屋の中？　残念、正解は空中でした。

このバカは爽やかイケメンスマイルで「鍛錬しに行くぞ！」って言った瞬間、俺の首根っこ摑《つか》んで窓から飛び出したんだなー。だから俺の魂の叫びは虚《むな》しく夜空に木霊しましたとさ。くそが。

もう一回シャワーの浴び直しだよっ!!


そんなこんなで三ヵ月が過ぎました。

えっ？　話飛びすぎって？　残念、このお話は学園ものではありません。

勇者の妹ときゃっきゃうふふしたり、クールで美人な先輩に力を認められて興味を持たれたり、同じ学校に通い始めた王女様を悪漢から救い出して好意を持たれたりなんて、そんな小説みたいな展開はあるわけねぇだろうが！

あっ、我らがレックス君は今言ったイベントを三ヵ月のうちに全て回収済みです。まさに敏腕主人公。

まぁ、全部カットってのも味気ないから、この三ヵ月にあった出来事を俺が手短にまとめよう。

レックスが告白を受ける↓断る↓レックスが愛の言葉を贈られる↓断る↓レックスに鍛錬に付き合わされる↓断る↓許されぬ↓レックスが校舎裏に呼び出される↓断る↓レックスが（ry

うん、やっぱカットして正解だわ。

つーかレックスよ、お前硬派すぎる。少しはハーレムモノの主人公を見習え。しかも、一人もないがしろにせずに誠心誠意断る姿勢を見せることで、振った相手からますます好意を寄せられている模様。最強かよ。

ちなみに俺の三ヵ月はというと……。

ぼっちな学園生活↓ぼっちな（ry

いやーシンプルっていいですねぇー。学校で話しかけてくるのはレックスと、ずっと一人でいる俺を見かねた天使《マリアさん》だけだわ。くそが。

まぁいいわ。そんな代り映えのない学園生活なら全部すっ飛ばしてもいいような気もするが、にもかかわらず、なぜ三ヵ月後の話をするのか。それは二年生である俺達はある行事を行うためである。

それは林間学校。

字面だけなら楽しげな雰囲気を感じるが、ここは勇者を育成する学校。みんなで仲良く山登りして、夜は先生の目を盗んで恋バナしたりするドキドキお泊り会なんて代物ではもちろんない。

マジックアカデミアの所有する山に建てられた洋館に一週間缶詰にされ、魔物を相手にした実戦形式の訓練を積むという、ロマンスのかけらも感じさせないような、何とも血なまぐさい行事であった。

それでも男女が一つ屋根の下で一緒に過ごすんだ、フラグの一つくらい俺にも立つだろ。

そう思っていた時期が僕にもありました。

林間学校最終日。ゆっくりと日が昇り、朝の日差しが差し込んできたころ、盛大にフラグが立ちました。死亡フラグが。

いやちげぇだろ⁉　そこは恋愛フラグだろ⁉　演習にきた俺達に少しだけ強い魔物が現れて、そこでヒロインを助けて恋が始まるところだろ⁉　なんでシャレになってない魔物の大群が俺達の館を取り囲んでんだよ‼

とりあえず、今は教師の指示でチームごとに固まって待機してるんだよね。このチームってのは実戦演習をする際に四人一チームで行うために組まれたやつなんだけど、これもなかなかに劣悪でさぁ……。

自由に組んでいいってことでレックスに俺がそっこー拉致られて、その後来たのがマリアさんとフローラさんだぜ⁉　振られた相手と同じチームって気まずすぎるわ！

その上、マリアさんだけが癒《いや》しだと思っていたのにクラスの美少女二人を独占した結果、野郎共の私怨が半端ない。

レックスに敵意が向けられないせいか、全てのヘイトが俺に集中しやがった‼　今回ばかりはマリアさんを恨んだな……完全に逆恨みだけど。ってかマリアさんもレックス狙いだったのね。

あーぁ、隣でマリアさんが震えちゃってるよ。そりゃ怖いよねー。……っと待てよ？

ここで俺が「コレットさん、不安になることはないよ。俺とレックスが守ってあげるから」とか言えば好感度うなぎのぼりじゃね？　ここにきて恋愛フラグじゃね？　これはやるっきゃない！

「コ」

「マリア！　そんな不安そうな顔すんな！　俺とクロムウェルが守ってやるからさ!!」

うぉーい!!　それ俺の台詞！　それ俺のフラグ！　それ俺のドヤ顔!!　お前はどんだけ好感度上げるつもりなんだよ!!　フローラさんがメーター振り切って目が完全にハートになってんじゃねぇか!!

あっでもマリアさんにはあまりささってないみたいだ。不安そうに俺の方をチラチラ見ている。……頼り無さそうで本当に申し訳ない。

おっ、避難計画がまとまったようだ。教師達が慌ただしくこちらに指示を出し始めた。とりあえず全員固まって山道を進んでいくようだ。えっ？　散々待たせて話し合った結果の作戦がそれ？

うーん……多少の不安は感じるものの、今は教師の指示に従うほかない。前のチームに続いて館を出るとするか。

ゾロゾロゾロゾロゾロ……。なんか軍隊蟻《あり》みたいだ。周りの顔を見る限り、そんなことを考えているのは俺以外にはいないな、うん。

「ん？　なんだ？」

突然、行進が止まり、レックスが首を傾《かし》げる。いやいや、もう館を出たんだから足を止めるのってまずくねぇか？

「なんかトラブル発生か？　行ってみようぜ」

「あっ！　レックス！　待って！」

人ゴミをかき分けてどんどん進んでいくレックスを見て、フローラさんが慌てて追いかけていった。なーんか厄介ごとの匂いがプンプンするんですがそれは。

「ど、どうしよう……!?」

マリアさんが潤んだ瞳でこちらを見上げる。そうだよね。俺と二人きりじゃ不安でしょうがないよね。

「俺達も行ってみようか」

「そ、そうだね」

はぐれないようにマリアさんの手を握る。ヒャッっと小さく叫び声を上げたような気がするが、緊急事態により我慢して欲しい。……どうせ手をつなぐならレックスがよかった、とか思われてそうで怖い。つーか思われてるだろ。心折れるわ。

なにやらざわめいている生徒達の中を必死に進んでいくと、やっとの思いで先頭に出た。
俺はてっきり魔物に道を阻まれて立往生しているのかと思っていたが、そんなことはなかった。

「お前らが勇者となるべく鍛えられている者達だな。全員生きては帰さん」

逃げようとする俺達の行く手を遮っていたのは、只《ただ》ならぬ雰囲気を纏《まと》った魔族の男であった。

あれが魔族か、初めて見た。えっ？　初めて見たのになんで魔族ってわかったかって？　だって背中から蝙蝠《こうもり》みたいな羽生えてますもん。あれは安いコスプレじゃ再現できませんね。

突然の魔族の襲撃に、生徒はおろか教師陣も動揺している。そうだよなー何だかんだ館から離れたところまで来ちゃったから、今更引き返せないよな。

尤《もっと》も、前に陣取るあいつがそんなこと許してくれそうにないけど。

「我が名はアトム。悪魔族のエリゴールである」

んっ？　オルゴール？　音楽が好きとは意外と陽気なやつなのかもしれない。身体《からだ》から放たれる殺気は陽気とは程遠いが。

「我の目的は魔族の敵となり得る勇者の殲滅《せんめつ》。ここで我に出会ったことを恨みながら死んでいけ」

アトムが自分の身体に魔法陣を組み込む。あーあれは身体強化《バースト》かけてますねぇ。やる気満々だなあいつ。ってか、現実が直視できなくて全員固まってるけど、これやばくね？

「……館を取り囲んだ魔物もお前の仕業か？」

おー流石《さすが》はレックス。威圧感が倍増したアトムに対して一歩も引いてない様子。

「魔物を従えることなど我にはできない。だが、集めることくらいならどうとでもなる」

いやらしい笑みを浮かべながら、アトムは小さな小瓶を目の前で揺らした。それを見たレックスが舌打ちをする。

「なるほどな……魔物香を使ったのか」

「そういうことだ。だが勘違いしないことだな。お前らを殺すために魔物を呼び寄せたのではない」

アトムが両足に力を込めた。

「お前らは我の手で始末する。魔物どもはお前達をおびき出すためのただの餌よ!!」

言葉と同時に凄《すさ》まじい速度で突っ込んできたアトムを、同じように魔法陣で身体強化《バースト》したレックスが真正面から受け止める。うわっ……衝撃で周りの奴《やつ》らが吹っ飛んでんじゃねぇか。とりあえず横にいるマリアさんだけは庇《かば》っておこう。

「先生達!!　ちょっと暴れるから魔法障壁を張っておいてくれ!!」

「ア、アルベール!!」

「頼んだぜ！」

教師の制止も聞かずにレックスは大声をあげながら、更に自分の身体に魔法陣を組み込む。そして、力任せにアトムを森の奥へと投げ飛ばした。あいつはどんだけ凶暴な笑みを浮かべてんだよ。どっちが悪役かわからねぇってそれじゃ。

「レックス」

あのバカが、飛んでいったアトムを追おうとする前に、俺は腰に携えた木刀を投げて渡す。レックスは少し驚きながらそれを受け取るとニヤリと笑みを浮かべ、そのままアトムに突撃していった。

「シュ、シューマン君……!!」

なんか身体の下から声が聞こえると思ったら、マリアさんに覆いかぶさってたこと忘れてたぜ。慌てて離れるとマリアさんの顔が真っ赤になっていた。やべっ、若干強く庇いすぎて酸欠状態かな？

と、そんなことよりあっちだな。

あのアトムとかいうやつ、初級身体強化《シングルバースト》で中級身体強化《ダブルバースト》のレックスの動きに対応してやがる。本当に人間かよ？　あっ、魔族だったわ。魔族が人間よりも身体能力が高いっていうのは本当だったんだな。

だが残念、目の前にいる男は人間であって人間ではない。

「うらぁぁぁ!!」

「っ!?　ちぃっ!!」

レックスの右ストレートを両腕でガードするも、あまりの威力にアトムは木をなぎ倒しながら後ろに吹っ飛ばされる。あれは片腕いかれたな。その程度の強化であいつのパンチを正面から受け止めるとか、自殺行為だろ。

アトムはすぐさま起き上がると、追撃するレックスに片腕で応戦する。あの様子だと、あの魔族は回復魔法を使えないみたいだな。こりゃ早々に勝負が決まっちまうか？

「な、舐《な》めるなよ！　人間風情が!!」

おぉ！　あれは上級身体強化《トリプルバースト》！　しかも魔法陣構成が速い！

回復魔法すら使えなくてダメなやつだとは思ったけど、身体強化《バースト》は得意みたいだな。その上生き生きした顔で殴りかかっている所を見ると完全に脳筋タイプだよ、あいつ。

急激に上がったアトムの速度に対応するべく、レックスも上級身体強化《トリプルバースト》発動。それを見てアトムが目を見開く。

「なっ……!?　その若さで上級身体強化《トリプルバースト》とは!?　人間め！　侮りがたし！」

　いや、みんながみんな上級身体強化《トリプルバースト》できると思うなよ。その証拠にレックスを見ている教師陣が呆気《あっけ》にとられた表情を浮かべてんだろ？　つまりそういうことだよ。こいつがデタラメなだけ。

「アルベール君……すごい……」

　マリアさんがレックスの戦いに見惚《みと》れている。そうなんだよ、すごいんだよ俺の親友は。こうやってみんなを虜《とりこ》にしていくんだよ。あぁ、マリアさんもその一人だったか。

「肉弾戦じゃ不利だな、こりゃ」

　レックスは相手の攻撃を木刀で捌《さば》きながら、冷静に判断する。確かに、相手は片腕だというのにレックスは少しだけ押され気味だった。同じ上級身体強化《トリプルバースト》も、素の身体能力が違えばこうなるのも無理はないか。となるとあいつのとる作戦は……。

「よっ、と」

　蹴りの反動を利用して距離を取ったレックスが魔法陣を組み上げる。左右で模様の違う上級魔法《トリプル》の魔法陣がものの数秒で出来上がった。あの野郎……また魔法陣の組成が速くなりやがったな。

「二種上級魔法《デュオトリプル》だと!?　バカな!?　こいつは上級身体強化《トリプルバースト》しているのだぞ!?」

驚いているところすいませんねぇ……。そいつは十五個以上魔法陣を作り出せるマジックマシーンです。九個なんて物の数じゃないです。

「いくぜ！　〝襲い掛かる激流《スプラッシュ》〟！　〝渦巻く暴風《ハリケーン》〟！」

レックスの魔法陣から水の奔流と竜巻が発生し、アトムに襲いかかる。てっきり魔法障壁でも張ると思っていたんだけど、まさかの素手防御。どんだけあいつは脳筋なんだ。

レックスの魔法が辺りの木を根こそぎなぎ倒す。木が生い茂っていたところが一瞬にして見通しのいい平地に様変わり。学校帰ったら人力芝刈り機としてあいつを売り出すか。

「くっ……そぉ……」

おいおいおい……生身でレックスの魔法を受けてまだ生きてんのかよ！　あいつの魔法陣、一メートルくらいあったんだぞ？

でも、流石にもう限界みたいだな。立っているのがやっとって感じがする。

「終わりだな。せめて苦しまないようにいかせてやるよ」

レックスくーん、それ悪役の台詞《せりふ》だから！

レックスはゆっくりと手を前にかざすと、魔法陣を組成していく。先ほどよりも大きい魔法陣、しかも同じものを四つ重ねて。

それを見たアトムは流石に笑うしかないようだった。

「まさか最上級魔法《クアドラプル》まで使えるとはな」

「まだ、火属性魔法のやつしかできないけどな」

「まったく……お前を殺せなかった事が本当に心残りでならない」

フッと笑みを浮かべてアトムはゆっくりと目を閉じる。ってなに負け認めちゃってんの？　なに相手の力称《たた》えちゃってんの？　敵にまで気に入られるとか、あいつのカリスマは天井知らずかよ。

なんにせよこれで死亡フラグは回避できたな。魔族が襲撃なんてびっくりイベントがあったんだ。これ以上は流石になにも起こらないだろう。

……ん？

自らフラグを立てながら、俺はゆっくりと空を見上げた。


レックスの魔法陣が組み上がった。天才と謳《うた》われる彼も、最近習得した最上級魔法《クアドラプル》には多少の時間を要する。

「……人間だったらダチになれたのにな」

「たわけ。仮定の話などこの世で最も意味がない。……さっさとやれ」

レックスは目を瞑《つぶ》り大きく息を吐くと、ゆっくりと目を開いた。そして目の前でフラついている好敵手に労《ねぎら》いの言葉をかける。

「じゃあな、アトム。ゆっくり休みな」

レックスの言葉を聞いたアトムが少しだけ口角を上げた。そんなアトムに気づかないフリを決め込んだレックスは、心を無にして最上級魔法《クアドラブル》を撃とうとする。

その瞬間、アトムの前に何者かが上空からひらりと降りてきた。

「えっ？」

予想外の展開にレックスの魔法陣が霧散する。アトムも突然現れた者を見て、驚愕《きょうがく》に目を見開いていた。

やって来たのは端正な顔立ちをした銀髪の男。見た目から察するに自分達とそう変わらない年頃で、背はクロムウェルと同じか少し小さいくらい。

胸まで開いた服もズボンも、羽織っているマントまでもが全て黒一色。王都では見たことのない服装であり、それも相まってなんとなく人ならざる者の気配を漂わせている。

しかし、驚くべきは服装ではなくそのオーラ。魔力が一切感じられないというのに、信じられないほどの威圧感を放っていた。

あまりの迫力にレックスは呼吸をするのも忘れて、その男を見つめていた。

男は何も言わずにレックスを一瞥《いちべつ》すると、後ろに倒れているアトムに目を向ける。そして呆《あき》れたような表情でため息を吐《つ》いた。

「アトム……僕はこんな命令してないよね？」

「も、申し訳ありませんルシフェル様……!!」

アトムが怯《おび》えた声を出す。心なしか身体《からだ》も震えているようであった。

さっきまで勇猛果敢に自分と戦っていた相手の目を疑うような姿に、レックスは警戒レベルを一気に引き上げる。

「それに僕は死んでもいいなんて一言も言ってないよ」

「…………」

ルシフェルの冷たい声色に、アトムは俯《うつむ》いたまま何も言うことができない。

「帰ったらお仕置きだからね」

「……御意に」

アトムが小さく頷《うなず》くのを確認したルシフェルが視線をレックスに向けた。その瞬間、レックスは自分の心臓が鷲摑《わしづか》みにされた錯覚に陥る。

「さて、と。少し待たせちゃったかな？」

「……お前は一体何者だ？」

レックスが平静を装いながら問いかけた。内心はこれでもかというほど心臓が高鳴っている。これは高揚などでは断じてない、命の危険を知らせるアラームだ。

「そんなことはどうでもいいよ。大事なのはこれをやったのが君かどうかってことだね」

「さぁ、どうだろうな？」

レックスは必死に時間を稼ぐ。どれだけ焦っているかは額に浮かぶ尋常ならざる汗が物語っていた。

ルシフェルは無表情のままレックスを見据える。

「別に答えなくてもいいよ。この辺り一帯を地図から消しちゃえば、自《おの》ずと犯人も消えることになるしね」

「……そう上手《うま》くいくといいな！」

先手必勝。目の前の得体の知れない化け物を倒すには不意打ち以外にはありえない。

レックスは上級身体強化《トリプルバースト》をかけたまま、ルシフェルに突撃しようとした。が、その瞬間、誰かが自分の肩を掴む。

驚いて振り向くと、そこにはマリアを腕に抱えたクロムウェルが立っていた。おそらく転移したのであろう。マリアは、自分がいつの間にこんなところにいるのかわからない、といった顔でキョロキョロ辺りを見回している。

「クロムウェル……」

「レックス、コレットさんを頼む。あと、みんなを連れて避難してくれ」

「えっ？」

驚きの声をあげたのはマリア。レックスはただ黙ってクロムウェルの顔を見つめていた。

「……それほどの相手か」

呟《つぶや》くようなレックスの言葉に、クロムウェルは何も言わずに首を縦に振った。その顔には引《ひ》き攣《つ》ったような笑みが張り付いている。親友のこんな顔は今まで一度も見たことがなかった。

レックスはクロムウェルの腕の中にいるマリアを優しく引き寄せると、ルシフェルに背を向けて歩き出す。

「えっ？　えっ？」

状況が全く理解できないマリアは、不安そうな表情でレックスとクロムウェルを交互に見ていた。そんなマリアを抱き上げると、レックスはクロムウェルに顔を向けることなく、声をかける。

「死ぬなよ」

「死なねぇよ」

短い言葉で自分の意思を伝えると、レックスはそのまま大声をあげた。

「全員死ぬ気で走って山から脱出しろぉ!!　ここは戦場になるぞぉぉ!!!」

そして、自身もマリアを抱えたまま一目散に走って行く。それにつられるように教師や生徒達が麓《ふもと》にある村を目指して駆け出した。

「アルベール君、放して!!　シューマン君を一人で残すなんて嫌だ!!」

腕の中でマリアが必死にもがいている。だが、レックスが意地でも放さないとばかりに力を込めたため、抜け出すことなど不可能だった。

「大丈夫だ。俺の親友を信じろ」

「そんな!　レックス君でも敵《かな》わないような相手なんでしょ!?」

マリアが必死に叫ぶ。クロムウェルと共にルシフェルに近づいた時に、その危険度を肌で感じたのだろう。マリアの顔は今にも泣きそうだった。

そんなマリアを安心させるようにレックスはニカッと笑いかける。

「マリア、お前は一つ勘違いしてるぞ?」

「勘違い……?」

「あぁ」

レックスが楽しげな口調で言うと、マリアは困ったように眉を寄せた。

「俺はあいつに喧嘩《けんか》で勝った事がない。……一度もな」

「…………えっ？」

その言葉の意味が理解できないでキョトンとしているマリアを見て、レックスは苦笑いを浮かべる。そして、しっかりと前を見据えると、全速力で山を駆けていった。

背後の気配を探る。うん、なんとかみんな逃げていったようだ。人っ子一人いやしない。

……一人ぐらい俺を心配して残ってくれても良かっただろうに。

「見逃してくれるなんて、随分優しいんだな」

俺が声をかけるとルシフェルとかいうやつはあろうことか、笑顔を向けて来やがった。

レックスとは違うタイプのイケメン、可愛《かわい》い系男子ってやつか。イケメンは死ね。

「そうだね……気の向くままに暴れてやろうかと思ったけど、君を見たら気が変わっちゃった」

「そうかよ」

俺は倒れている魔族に手を向け、一瞬で魔法陣を構築する。アトムはそれを見てビクッと身体を震わせたが、ルシフェルは微動だにしなかった。

「〝癒しの波動《エクストラヒール》〟」

使ったのは回復魔法の上級魔法《トリプル》。レックスから受けた傷がものの見事に消えていった。アトムは驚いているみたいだけど、ルシフェルはニコニコ笑いながらこっちを見ているだけ。ちっ、意外な行動で驚かしてやろうと思ったのによ。

「それなら、今ので気が変わって帰ってくれねぇか？」

「そのためにアトムの傷を？　ふふふっ……やっぱり面白いね君は。興味が出てきちゃったよ」

ここでまさかの恋愛フラグ。馬鹿野郎！　どんなに美男子だろうと男はＮＧだ！　しかもこいつはどう考えてもヤンデレタイプだろ！　ショタイケメンヤンデレとかマニアックすぎるわ！

「俺はお前に一切興味がない。悪いけど帰らせてもらうぞ」

極力つまらなそうな表情を浮かべながら踵《きびす》を返す俺。いけるか？　このノリでうやむやにしてここから退散できるか？

「待ってよ」

無理でした。

「遠いところから、はるばるこんな敵地まで来たんだよ？　……だから、ちょっとだけ相手してくれないかな？」

ルシフェルが自分の身体に魔力を滾《たぎ》らせたその瞬間、アトムの視界から俺達の姿が一瞬にして消えた。気がつけば先程まで二人が向かい合っていた中心で、互いの拳がぶつかり合っている。

ドゴーン!!

おおよそ拳がぶつかった音とは思えない程の衝撃音。俺達の足元から無数の亀裂が地面に走り、衝撃波が巻き起こる。

血を噴き出したのはルシフェルの腕の方だった。

「へー……血を流すなんて何年振りかな？」

ルシフェルは拳を引きながら楽しそうに笑っている。対するクールな表情を浮かべている俺はというと。

いってぇぇぇぇぇ!!

なんだあいつの拳!?　鉄!?　ダイヤ!?　オリハルコン!?　おかしいだろ!?

あいつの殺気を感じて咄嗟《とっさ》に最上級身体強化《クアドラプルバースト》かけといてよかったわ！　これやってなか

ったら、腕どころか身体が木っ端微塵《こっぱみじん》だったぞ、マジで!!

しかも、初級身体強化《シングルバースト》でこの速さと硬さかよ!!　無理ゲーなんてもんじゃねぇぞ、これ!!

「最上級身体強化《クアドラプルバースト》とか、魔族の中にも使える者はなかなかいないよ？　僕も身体強化《バースト》は苦手だから上級《トリプル》までしかできないし」

てめぇは身体強化《バースト》なんか必要ねぇんだよ！　こいつが最上級身体強化《クアドラプルバースト》まで使えたらこの世界終わるわ！

「手加減はいらなそうだね」

うんうん、と頷いてさらっと上級身体強化《トリプルバースト》を施す。それはないわーひくわー上級《トリプル》はきついわー。

とにかくこんな強化じゃ一瞬で粉々にされる。俺は最上級身体強化《クアドラプルバースト》をさらに三つ増やし、両手両足を強化した。

「身体強化《バースト》を複数箇所に!?　しかも全部最上級《クアドラプル》!?」

「あははは!!　本当、君何者よ？」

信じられないものを見たといった表情のアトムとは対照的に、この上なく上機嫌なルシフェル。こいつ、笑いながら殴りかかってくるんだけどマジ怖い。

えっ、てか押されてない？　こっちは腕と足に四重ずつと、合計十六個もの魔法陣を使ってんだよ？　あっちはたかだか三個よ？　おかしくない？

打撃はなんとか受け流せているが、スピードで完全に上にいかれている。

「そんなのろまじゃ僕には勝てないよ？」

しかも、ルシフェル自身もその事に気がついている。その上で俺より少し速いくらいに自分の速度を調節してんな。

ちょっとイラっとしたわ。

「吠《ほ》え面《づら》かかせてやるぜ」

「っ⁉　そう来るんだね‼」

俺は連続で転移の魔法陣を描きまくり、ルシフェルを翻弄する。奴《やつ》がどんなに速かろうが、こちとらノータイムで移動してるんじゃ！　これでスピードのアドバンテージはなくなったも同然だろ！

「転移魔法だと⁉　あの複雑な魔法陣を一瞬で描いてるのか⁉」

あー説明役のアトムさんご苦労様です。確かに火属性魔法とかに比べれば難しいなこれ。

うんまぁ、慣れだよ慣れ。

お互いが攻撃を紙一重で躱《かわ》していく中、ルシフェルは大きく俺から距離を取った。

「これならどうかな？」

ルシフェルが笑顔で腕をあげると上空に三メートルほどの魔法陣が四つ。三メートルってバカかよ。複数魔法陣の大きさじゃねぇよ。規格外すぎんだろ。しかもよく見たらあれ全部最上級魔法《クアドラプル》じゃねぇか。やべぇよやべぇよ。

「それ行くよ！　〝四大元素を司る龍《エレメンタルドラグーン》〟‼」

魔法陣から火、水、地、風属性のドラゴンが四匹出現する。そして、全部が当然のように俺に向かって来やがった。やべぇよやべぇよ。

だけどな、魔法陣に関しては負けてらんねぇんだな、これが。

俺は一種《ソロ》で描ける最大の魔法陣を描き出す。

「なっ……⁉」

浮かび上がった魔法陣を見て、アトムは言葉を失った。その大きさはルシフェルの魔法陣を遥《はる》かに凌駕《りようが》している。

はっはー驚きやがれ！　ってルシフェルの野郎は興味深げにこっち見てるだけじゃねぇか！　ちょっとは期待通りのリアクションをしろっつーの！

「〝全てを打ち消す重力《グラヴィティバニッシュ》〟」

作り出した魔法陣は重力魔法の最上級魔法《クアドラプル》。こいつは特に難しいから描けるようになるまで苦労したんだぞ。

魔法陣から放たれた魔法は不可視の圧力。だが、それはこの場にあるもの全てを押しつぶす。

ざまぁ！　お前のドラゴン、魔道車に潰された蛇みたいになってんじゃねぇか！

「重力属性の最上級魔法《クアドラプル》をこの規模で打てるとは、もしかして魔族の仲間？」

「けっ！　一緒にすんな。俺は正真正銘の人間だ」

「こりゃ、怪物みたいな人間がいたもんだ」

なーにが怪物だよ！　お前も一緒に押しつぶしてやろうと思ったのに、片手上げるだけで防ぎやがって！　あっ、アトムさんはそのまま地面とチュッチュしててください。

「……そろそろ本気を出してくれないかな？」

「はぁ？」

何言ってんだこいつ。十分本気出してんだろうが。つーか本気出してなかったら一瞬で塵《ちり》にされてるわ。

ルシフェルが呆《あき》れるように肩を竦《すく》めながらやれやれ、と頭を振った。今こいつめっちゃムカつく顔してる。ぶん殴りたい顔してる。

「こんな児戯みたいな魔法陣には興味がないって言ってるんだよ？」

かっちーん。

おいおいおいおい。

言っちゃあならねぇこと言ったなこいつ。

俺の魔法陣が児戯だと？

「俺の魔法陣が児戯だと？」

ムカつきすぎて思ってること口に出ちゃった、てへぺろ。

こいつは許さん、まじ許さんよな。さっきの言葉、貴様の死をもって償ってもらおう！

俺は怒りに任せて地面を蹴り、ルシフェルから離れると、ありったけの魔力を練り始めた。


「アトム」

やっとの思いで重力から解放されたアトムが、ルシフェルの声に反応して慌てて側《そば》に駆け寄る。

「お呼びでしょうか？」

「僕の近くにいた方がいいよ」

それだけ言うと、ルシフェルはクロムウェルに期待の眼差《まなざ》しを向けた。アトムはそんなルシフェルを見ながら尋ねるべきか少し悩んだ後、意を決したように口を開く。

「……ルシフェル様、一つよろしいでしょうか？」

「なに？」

ルシフェルが顔を向けずに返事をした。アトムは構わず質問を続ける。

「我はあの者が使う魔法が児戯だとはとても思えないのですが」

「そりゃそうだよ。あんな破壊力の魔法、ピエールでも難しいんじゃないかな？」

あっけらかんと言い放つルシフェルに、アトムは思わず目を丸くした。

「それならばなぜ……？」

アトムは怪訝《けげん》な表情をすると、ルシフェルは片時もクロムウェルから目を離さず、獰猛《どうもう》な笑みを浮かべる。

「見てみたいんだよ。彼の本気をね」

その瞬間、魔力が練り上がったのかクロムウェルが魔法陣を構成し始めた。その身体《からだ》から溢《あふ》れる魔力で山全体が震えている。

「なんと……!?」

「これは……すごいね。予想以上だよ」

アトムはこれ以上開かないくらいにあんぐりと口を開け、ルシフェルですら笑いながら目を見開いていた。

クロムウェルの頭上に現れたのは七つの巨大な魔法陣。全てが最上級魔法《クアドラプル》。しかも、驚くべきことにその一つ一つが違う属性のものであった。

「火、水、地、風……それに雷と氷。さらに重力もか。こんなの食らったらひとたまりもないね」

言葉とは裏腹にルシフェルはこの状況を楽しんでいる。だが、横にいるアトムはそれどころではない。

「お、お逃げください！　これは危険過ぎます！」

「おそらく無駄だろうね。長距離移動の転移魔法は時間がかかるから間に合わないよ。かといって、今から走って逃げてもあの規模の魔法には飲み込まれるだろうね」

「な、ならばどうすれば……？」

「アトム。僕の背中にしっかり隠れているんだよ」

「ル、ルシフェル様？」

ルシフェルはアトムを守るように前に立つと、手を前に伸ばし、何もないはずの空間をギュッと握りしめた。

はっはっはー！　その目ん玉ひん剝《む》いてよく見やがれ！

これがクロムウェル様の秘奥義、七種最上級魔法《セプテットクアドラプル》だ!!

今更泣いて謝ってもやめてやらねぇぞ！　つーかもう俺の力じゃ止められん！

「いくぞ、魔族共！こいつが俺の全力だ!!〝七つの大罪《セブンブリッジ》〟!!」

六つの属性の最上級魔法《クアドラプル》を重力魔法が無理やりまとめ上げる。　するとあら不思議、一つの極光波の完成。　原理は知らん。

収束した極太の真っ白いレーザーが魔族二人に襲いかかる。

悪いがこれは虚仮威《こけおど》しじゃないぜ。　前に試し打ちをした時、力を抑えていたにもかかわらず、学校の訓練場を吹き飛ばしそうになったくらいの威力だったからな。　今回は掛け値無しの本気だ。　塵も残さず消し飛ばしてくれるわ！

十秒ほど続いたレーザーが静かに消えていく。　被害を出さないように少し上に向けて撃ったのだが、そのせいで今いる場所から山の頂上にかけて、奇麗さっぱり無くなってしまった。……ま、まぁ魔族を倒した代償だ！　校長のジジイも許してくれるはず！

それにしても魔族倒しちゃったなー。もうこれ俺が主人公でいいだろ。誰も文句言わんだろ。

土埃《つちぼこり》が徐々に晴れていく。死体を確認しようにも、どうせこの世から消滅しちゃってるからできないよな。困った困った。帰ってシャワー浴びて寝よ。…………ん？

「やれやれ驚いたよ。まさかアロンダイトを使わされる羽目になるとは」

恐る恐る声のする方へと目を向ける。そこにはボロボロになりながらも、五体満足の姿で笑っているルシフェルの姿があった。その手には真っ黒な剣が握られている。後ろで白目をむいて倒れているアトムは無視。

「おまっ……まじで化け物かよ！」

「君に言われたくないな。今のは流石《さすが》に死にかけたよ」

確かに身体の至る所から血は出ている。出てはいるが深刻なダメージは一切受けていない様子。

いやこれは参ったね。流石に詰みですわ。

今の魔法でほとんど魔力使い切っちまったし、もう一発さっきの撃ってもあれは倒せねえぞ、多分。

つーかあの黒い剣はなんだ？　ルシフェルと同じくらい嫌な感じがするんだが。あんな武器持ってるとか反則だろ!!

「さて……そろそろネタ切れ……というよりは燃料切れかな？」

ルシフェルが笑みを浮かべながらゆっくりとこちらに近づいてくる。

あーぁ。なんとかなりそうだと思ったんだけどな。どうやら俺はここまでみたいだ。

まぁ、でも……物語の主人公をこんな所で死なないように守ったってだけ、頑張った意味はあったかな？

今は逆立ちしたって勝てないだろうけど、あいつは勇者になる男だ。いつか強くなってこいつを倒してくれるだろうよ。

俺は軽く笑いながら最後の魔力を絞り出した。

「あれ？　まだ何か見せてくれるのかな？」

「まーな。人間様の最後《さいご》っ屁《ぺ》ってやつだ」

魔法陣を構築する。描ける限度は五つ。十分だ。

目を閉じ、集中力を極限まで高めていく。成功率は五割ほど。どちらにせよやられるんだ、試さないという選択肢はない。

描いた全ての魔法陣を丁寧に重ね合わせ、自分の身体に組み込んでいく。些細《ささい》なズレも許されない。

魔法陣が身体に馴染《なじ》んでいくのを感じる。よし、成功だ。

「……本当に君には驚かされるよ。そろそろ人間だっていう嘘《うそ》を訂正する気にはなったかい？」

ゆっくりと目を開けると、前に立っているルシフェルがこめかみから汗を流していた。

「ほざけ。俺は普通の人間だっつーの」

「魔族だって究極身体強化《アルテマバースト》なんてできないよ。そもそも試さない。普通に考えたら魔法陣に耐えられなくて爆発四散するからね」

「やる前からできないなんて言ってる昔のお偉いさん方は嫌いでねぇ」

「それは僕も同感かな？」

ルシフェルが静かにアロンダイトを構える。この身体強化《バースト》はもって数十秒。これが本当にラストチャンスだな。

「ねぇ、一ついいかい？」

「なんだよ？」

せっかく人が意気込んでるっつーのに。なんだあれか？　命乞いか？　いいだろう、今なら見逃してやる！　さっさとお前の国に帰るんだな！　帰ってくださいお願いします！

「この勝負、僕が勝ったら一つだけお願いを聞いて欲しいんだ」

僕が勝ったら？　何言ってんだ、こいつ？　お前が勝つに決まってんだろ。つーか、お前が勝ったら俺死んでるっつーの。

だが、ルシフェルの表情はさっきまでの戦いを楽しむようなものではなく、至って真剣なものであった。

……なんか調子狂うんだが。

「……別にいいけど。どうせ死んでるだろうし」

「決まりだね。その言葉忘れないでよ」

その言葉を合図に、ルシフェルと俺は同時に地面を蹴った。

「よし、これで全員避難できたな！」

レックスは周りを見回して満足そうに頷《うなず》いた。途中魔物に襲われることもなく、なんとか麓の村までたどり着くことができた。

「後は……」

レックスが山の頂の方を見つめる。先程まで山が割れるのではないかと思えるほどの破壊音が鳴り響いていたにもかかわらず、今は不気味なほど静かであった。

早速クロムウェルの所に向かおうとしたレックスの手に誰かの手が触れる。

「……マリア」

自分の手を握ったのがマリアだとわかった瞬間、さっさとクロムウェルの所に向かわなかったことを後悔した。付き合いが長くなくても、今のマリアの顔を見れば、次に何を言い出すのかは予想がつく。

「シューマン君のところに行くんでしょ？　私も一緒に行く」

その声はいつものおどおどしたマリアからは想像もつかないほど力強いものだった。レックスは困り顔で頭をかく。

「マリア……さっきは魔物に襲われなかったけど、次もそうなるかは」

「好きな人を助けたい。好きな人を失いたくない」

マリアはきっぱりと言い放った。決して大きな声ではなかったが、固い意志を感じる。

レックスは少しの間マリアの目を見つめると、諦めたような笑みを浮かべながら肩を竦《すく》めた。

「……飛ばしていくから遅れたら置いていくぞ」

「……!!　うん！　わかった!!」

嬉《うれ》しそうな顔で頷くマリアを見て、レックスは苦笑いを浮かべる。そして身体強化《バースト》をかけると、一直線にクロムウェルのもとへと向かっていった。

まったくよ、つくづく呪われた人生だぜ。
どんなに鍛錬しても勝てない男がいるんだぜ。俺が強くなってもあいつはいつも一歩先
……いや、三歩先を歩いていやがる。
色んな相手に好意を持たれても、肝心の相手からは好きって言ってもらえないしよ。
おまけに惚《ほ》れた女の惚れてる男があいつなんだぜ。これじゃ憎まれ口も叩《たた》けねぇよ。

なんたって、あいつは俺の親友だからな。

たどり着いた場所の景色は先程とは一変していた。自分達が滞在していた館はおろか、そのあたりの土地が丸々消失している。
自分がアトムとの戦いで吹き飛ばした木や草は一つも見当たらず、何もない荒野と化し

ていた。

そんな荒れ果てた地に佇《たたず》む男が一人。

全身黒一色の服装に、持っている得物まで黒い。その黒が銀色の髪をより一層引き立てていた。

レックスが辺りを見渡すが、自分が倒した魔族も、自分の親友の姿も見当たらない。

「やぁ、来るのが遅かったね」

レックスとマリアに気がついたルシフェルが笑顔で声をかける。ビクッと震えたマリアを守るようにレックスが前に立った。

「……俺の親友はどうした？」

「いや……ずいぶん見晴らしが良くなっちゃったね。上にあった豪華な館を吹き飛ばしちゃったから、謝っといてくれるかな？」

何かを抑えつけるような声音のレックスに対し、ルシフェルはいたって軽快な口調。

「俺の質問に答えろ。クロムウェルはどうした？」

「あー彼はクロムウェルっていうのか。なんか呼びにくい名前だな」

「おい!!　答えろって――」

「消したよ」

今までの軽い口調が嘘のように、氷のように冷えきった声でルシフェルが告げる。後ろでマリアがヒッと小さく悲鳴をあげた。

「なかなかいい線いってたんだけどね。魔王に楯突《たてつ》いたんだ、それ相応の代価は払ってもらったよ」

「…………」

「あぁ、でも安心して。今日はもう十分楽しんだから僕は帰るとするよ。命拾いしたね、君達」

「…………す」

「親友に感謝しなくちゃ！　彼もお星様になって君達をいつまでも見守ってるよ」

「…………ろす」

「ん？　なにかな？」

「ぶっ殺す!!!」

レックスは怒りのままにルシフェルに突進していく。そんなレックスをルシフェルは何も言わずに見つめていた。

「うぉぉおおぉぉぉおお!!」

ルシフェルの顔面に放った渾身《こんしん》の右ストレートは虚《むな》しく空を切る。煙のようにルシフェルの姿は消え、高笑いだけがこの場に響き渡った。

「僕の名前はルシフェル。魔族を統べる魔王だよ。親友の仇《かたき》を取りたいんなら強くなることだ。それじゃあまたね、未来の勇者君」

「待ちやがれぇぇぇぇぇぇぇぇぇぇぇ!!」

叫び声が虚しく木霊する。怒りに身を震わせるレックスだったが、その怒りの矛先を見失い、二人の戦いによって露出した山肌に自分の拳を叩きつけた。

「くそ……」

血が出るのも構わず、何度も何度も山肌を殴りつける。ちらりとマリアの方に目を向けるとその場に蹲《うずくま》って嗚咽《おえつ》していた。それを見たレックスの怒りはさらにこみ上げる。

「くそ……くそ……!!」

魔法で強化もしてない拳でただただ殴り続けた。もう手の感覚などない。だがやめてしまえば、見えない何かに押しつぶされてしまいそうだった。

「くそがぁぁぁぁあぁぁあぁぁぁあああぁ!!!」

喉がはち切れんばかりにあげた絶叫は、誰にも届くことはなかった。

はい、みんな大好きクロムウェルさんです。えーっとあれだ……うん、なんか生き残った。

死なば諸共《もろとも》的な感じで突っ込んだのはいいけど、ルシフェルにうまーく力を上に逃がされちゃってね。そのままへろへろーって力尽きちゃったってわけ。

それで疲労困憊《ひろうこんぱい》の俺をルシフェルが転移魔法でどこかに飛ばしやがって、現在自分がどこにいるのかさっぱりわかりません。

ぱっと見、どっかの王様の私室って感じだなー。ワケのわからん鹿の剝製《はくせい》とかあるし。

とりあえず疲れたからそこにある豪華なベッドに横になってルシフェルを待つことにしたんだけど……このベッドやばい。

ふかふか具合が常軌を逸してる。こんなところにいたら一分で夢の世界にダイブしちまうぞ、これ。そんなことしたら俺の貞操の危機だ。

迫り来る睡魔と戦いながら三十分後、転移魔法でルシフェルがやってきた。

「ふう、お待たせ……ってなに人のベッドで勝手に寛《くつろ》いでんの？」

「どこで寛ごうが俺の勝手だ。……やけに遅かったな」

「君の親友をからかってたら遅くなっちゃってね」

あーあのバカ、山を引き返してきたのか。それでルシフェルと鉢合わせ……ってからかったって何だ？

「お前……まさか殺してないだろうな？」

「まさか！　そんなことしたら君が黙ってないでしょ？　君は死んだって嘘《うそ》ついて放置してきただけだよ」

んー……まぁそれくらいならセーフか。これからの事を考えると、死んだって思われている方が色々と楽だろうしな。

「つーかさっきの話、マジで言ってんのか？」

俺は自分に回復魔法をかけているルシフェルにジト目を向ける。どう考えても正気の沙汰ではない。

「本気も本気、超本気だよ。さっきは流れで言っちゃったから、もう一度正式に言わなきゃね」

ルシフェルが真剣な表情で俺に向き直る。なんつーか違和感が半端無い。

「魔王軍に入れ」

「えっ？　命令形？」

さっきと違う。なんか違う。さっきは死力を尽くして戦った俺に笑顔で「魔王軍に入ってくれないかな？」だったのに。

「だって、なんでも言う事一つ聞くんでしょ？」

「うぐっ」

痛いところをつく。このためにこいつは言質《げんち》を取り、挙げ句の果てには自分が傷つくのを覚悟で俺の最後の攻撃を受け止めたんだよな。そのせいでかなりの深手を負ったみたいだし。

「……なんでそこまでして俺を魔王軍に入れようとすんだよ？」

「うーん……まぁ、強いってのもあるけど、それ以上に一緒にいたら楽しそうだからかな？」

こいつ、マジでなに考えてるかわからねぇ。多分だけど今の本音だぞ。楽しいって理由で敵を自分の軍に入れるか、普通？

俺はため息を吐《つ》きながら頭をかきむしる。

「はぁ……甚だ不本意だが、約束しちまったからな……」

「それじゃ……!!」

「魔王軍に入ってやるけど、大人しく従うとは言ってねぇからな！　人間虐殺してこいなんて命令、鼻くそほじってシカトしてやるわ」

キラキラした瞳を向けてきたルシフェルに俺は念を押しておく。ルシフェルは満足そうにうんうん、と頷《うなず》いていた。マジでわけわからんこいつ。

「じゃあ決まりだね」

ルシフェルは立ち上がると、片腕をお腹《なか》に添え華麗にお辞儀をした。なんか様になっててムカつく。

「ようこそ、魔王軍へ」


こうして俺は人間の身でありながら魔王軍の一員になった。ちょっと俺が思い描いていたストーリーとは違うけど、これはこれでありなのかな？　一応、呪い《レックス》からは解放されたわけだし。まっ、王様に仕えるか、魔王様に仕えるか、ってだけの話だし、一文字しか違わないからそんな大差ないだろ。

これはモブキャラ一直線だった俺が、国を救う英雄になるか、はたまた国を滅ぼす悪役になるか、この先どうなるか全くわからない、行き当たりばったりな物語である。

第2章　俺が魔族の幹部に出会うまで

「そういえばお前って魔王なのな」

俺は回復魔法で傷を癒《いや》してくれているルシフェルを見ながら言った。やたら強いと思ったが、魔族の親玉なら納得できるな。

「そうなんだけどね。君からは一切敬意の気持ちを感じないよ」

知らんがな。お前に会ったのは今日が初めてだし、しかも敵のボスだし、俺人間だし、敬えとか無理な話だろ。

「よし、とりあえず傷はこんなものかな。そもそもクロの場合は魔力の酷使が原因で倒れたから、傷自体はそんなにないんだけどね」

「あーサンキュー……って、クロってなんだ？」

「君のお友達から名前を聞いたんだけど、クロムウェルなんて呼びにくいから、クロでいいでしょ」

おい、勝手に変な愛称つけんじゃねぇよ。せっかく親からもらった大事な名前だっつーのに……その親はもういないんだけどな。

「魔王軍に入ったんだから人間の頃の名前は捨てて、今日から君はクロで決まりね」

無邪気に笑いやがって、本当にこいつ魔王かよ。つーかなんだその笑顔は。世のお姉様方が黙ってねぇぞ。

「……まぁ、もう死んだ扱いになってんだ、それでもいいけどよ。俺はお前をなんて呼べばいいんだ？」

「みんな大好き完全無欠のイケメン魔王様」

「却下だ」

俺即答。まず呼び名が長すぎる。毎回呼ぶたびに十八文字も使ってられるか。それにイケメンなのは認めるが口に出して言いたくねぇ。あと普通にうざい。

ルシフェルが不服そうな表情を浮かべる。逆に問うが、お前は今の呼び名が受け入れられると思ったのか？

「うーん……いい呼び名だと思ったんだけどな。ならクロが呼び名を決めてくれていいよ？」

「あ？　俺が決めんのかよ？」

嫌だなーこういうのってセンス出んだろ。俺ってまじでセンスないからなぁ。とはいってもこのまま決めなかったら、みんな大好きなんちゃらかんちゃらって呼ばなきゃならなくなるだろうし……。

うーん……ルシフェルだからルシちゃん？　ルッシー？　ルー君？　思い切って魔王から取ってマオたん？　いやまじでそんなので呼びたくねぇ。

あー！　悩んでんのがバカらしくなってきた！　こいつは俺がクロムウェルって名前だからクロって呼んでんだ、だったら俺は……。

「フェルだな」

「えっ？」

ルシフェルが心底驚いたようにこちらを見る。なんだよ、俺の決めた呼び名になんか文句あんのかよ。

「お前がクロムウェルをクロって呼ぶんなら、ルシフェルをフェルって呼んでもいいだろうが」

「…………」

なんでこいつは俺の顔をじっと見つめてるんだ？　そんなに気に入らないか？　悪かったな！　センスなくて！

「……そうだね。君がそう言うならそれでもいいよ。ただし、他の魔族がいる時は魔王って呼んで欲しい。僕にも面子《メンツ》があるからね」

まぁそうだよな。魔族のトップに立つような奴《やつ》が、何処《どこ》の馬の骨ともわからん奴に呼び捨てにされれば、他の奴らは面白くないわな。ケースバイケースってやつだ。他の魔族がいるときは敬語を使うようにしとくか。

俺が頷くとフェルは満足そうな笑みを浮かべる。そしておもむろに立ち上がり、部屋にある衣装ダンスへと足を運んだ。

「とりあえず魔王軍に入った記念にこの服をあげるよ」

フェルはタンスから服を取り出すと、こちらに投げ渡す。俺は受け取った服を広げて思わず顔を引《ひ》き攣《つ》らせた。

「お前……本当に黒が好きなのな」

「ふふふっ。黒は悪の親玉って感じがするでしょ？」

「悪の親玉でいいのかよ」

俺は呆《あき》れたようにため息を吐きつつ、手に持つ服に目を向ける。

渡されたのは普通のロングコートなのだが、とにかく黒い。夜の闇より黒い。ボタンも黒いし、金具も黒い。

デザイン的にはシンプルなんだけどな。その黒い感じが、なんとなくフェルとペアルックみたいで嫌だ。

「その服には衝撃耐性もあるから、少しぐらいの打撃なら無効化できるよ」

そうは言われてもなぁ……。なんか厨二《ちゅうに》チックで着る気がしない。

服を手にしたまま着ようとしない俺を見て、フェルは眉をひそめながら衣装ダンスを漁《あさ》り始めた。

「それが嫌ならこっちの服に」

「この素晴らしい服を着させていただきます、魔王様」

おい、その手に持っている紐《ひも》はなんだ。それは服とは呼ばないぞ。それを着るぐらいなら裸の方がまだましだ。

「そうかい？　気に入ってもらえて嬉《うれ》しいよ！」

渋々といった感じで袖を通す俺をフェルが嬉しそうに見つめる。

ふむ、魔王の服なだけあって着心地はかなりいいな。ってか、俺が今まで来た服の中で一番いいぞ。

「それは本当に高性能でね。さっき言った衝撃耐性に加えて、環境適応と自浄作用の効果が付与されてるよ」

まじでか？　それやばくね？　それやばくね？

環境適応があれば寒いとこでも暑いとこでも関係ないし、自浄作用があるなら洗わなくていいってことじゃねぇか！　こんなの国宝級の魔装備だぞ⁉　厨二チックとか言ってすんませんでした！

「うんうん、よく似合ってるよ」

フェルが俺を見ながら何度も頷く。なんか恥ずかしいからそれやめろ。

「後二つ、君に渡すものがあるよ」

「まだ何かくれるのか？」

なんだなんだ？　この黒コートのことを考えるとこれは期待できそうだ。

「まずはこれ」

フェルは空中に魔法陣を描く。あの模様は空間魔法。そん中に収納しているアイテムか……ってなんだそれ？

俺は訝《いぶか》しげな表情でフェルが取り出したものを見つめる。

「あれ？　これのこと知らない？」

「いや知ってるけど……何に使うんだ、それ？」

フェルが取り出したのは仮面だった。それも目元だけを隠すタイプの紺の仮面。えっ、まさかそれを俺がつけるの？

「魔王軍の仕事で人間の国に行ってもらうことがあるだろうし、その時に顔を隠せる方が役に立つこともあるでしょ？」

なるほどな。でも、なんだかなぁ……仮装パーティみたいで気が引けるわ。まぁ四六時中つけろって言われてるわけでもないし、必要な時に使えばいいか。

俺はフェルから仮面を受け取ると、そそくさと空間魔法に収納するため、魔法陣を展開する。そんな俺の手元を、フェルはじっと見つめていた。

「……相変わらず惚《ほ》れ惚《ぼ》れするような魔法陣組成の速さだね」

「褒めてもなんもでねぇぞ」

「いやいや、純粋にそう思ったんだよ」

なにこいつ、めっちゃニコニコ笑ってんだけど。下心ありそうで怖《こえ》わ。

……でもまぁ、褒められて悪い気はしないな。大したことない奴に言われてもなんとも思わないけど、フェルは俺が見てきた中でも、魔法陣の精度も速度も抜群にレベルが高い。

「それで？　後一つはなんだ？」

俺は照れているのを隠すためにフェルに続きを促した。だけど、こいつにはなんか見透かされているような気がする。

「そんな照れなくてもいいのに」

気がするんじゃねぇ、見透かされてた。くそが。

フェルが楽しげに笑いながら、スッと手を前に出すと、ゆっくりと空間を握り締めた。

「えっ……？」

フェルの手の中に突如として現れた黒い剣に俺様びっくら仰天。今一切の魔力を感じなかったぞ。こいつもしかして休日の大通りにいる大道芸人か何かか？

「もう一つはこれだよ、はい」

お菓子を投げ渡すような気安さで黒い剣を投げよこす。あぁそうか。魔王軍として働くには戦闘は避けられないもんな。

っていやいやいやいや！　この剣って俺がドヤ顔で撃った〝七つの大罪《セブンブリッジ》〟をぶった斬った剣だよね⁉　こいつの切り札的存在だよね⁉　こんなぞんざいな扱いでいいの⁉　ってか俺にあげちゃっていいの⁉

「な、なんだよ、これ？」

とりあえず平静を装って尋ねるが、内心焦りまくり。これ絶対やばい剣だろ。こいつが使ってる時から異様な雰囲気を醸し出してはいたが、持ってみてわかる。この剣、俺の魔力をどんどん吸い取っていやがる。

「魔剣・アロンダイトだよ」

「いやこの剣の名前を聞いてんじゃねぇよ！　なんでこんなもんくれるんだよ⁉　ってか魔剣ってどういうことだよ⁉」

「魔剣っていうのはいわくつきの剣のことで性能はいいけど、どこかしら欠陥がある――」

「魔剣の説明を聞いてんじゃねぇよ！」

つーかわざとやってんだろこれ！　付き合いは短いが、こいつが人をからかっている時の表情はなんとなくわかるようになってきた。だって今めちゃくちゃ楽しそうな顔してんだもん。

「……僕のお気に入りの武器なんだけど、あの魔法を喰《く》らった時に君の魔力に懐いちゃったみたいでね。面倒見てあげて？」

子犬相手みたいな口ぶりで言ってんじゃねぇよ！　そんな可愛《かわい》らしさはこの剣から一ミリも感じねぇから！

「……つーか俺の魔力吸われてるんだけど？」

「魔剣だからね。早く戻した方がいいよ？　僕との戦いで魔力がそこをつきかけてんだから下手したら死ぬよ？」

「早く言えよ！」

俺は慌ててアロンダイトを戻し……おい、戻すってなんだよ？

「念じれば勝手に消えてくれるよ」

嬉しそうに説明してくれるフェル先生。でも先生、そういう大事なことは最初に言ってください。

俺は頭の中でアロンダイトが消えるのをイメージする。おぉ！　本当に消えた！　なんか感動。

「……ってかこれってどこに消えたんだ？」

「うーん……詳しくは知らないけど、多分身体《からだ》の中じゃないかな？」

怖えよ!!　寄生虫なんかよりずっと怖えよ!!

俺は手を前に出しながらアロンダイトに出てくるように命じた。すると間髪入れずに俺の手の中に現れる。……なんかカッコいいな。

まぁ、身体に異常はないみたいだし？　異常が出れば捨てればいいだろうし？　とりあえずは俺の身体に住まわせてやるよ。

ルシフェルは自分の剣を握るクロを何も言わずに見つめながら、なんとなく大事な相棒を失ったような寂しさを感じていた。

アロンダイトとはずいぶん長い間、共に戦ってきた。と言っても、アロンダイトが必要になるような戦闘など片手で数えるほどしかなかったが、それでもずっと苦楽を共にしてきた紛れもない相棒なのだ。

本当はルシフェル自身、一生この剣を手放すつもりなどなかったのだが、剣が目の前にいる男を気に入ってしまったのであれば文句は言えない。ルシフェル自身もこの男のことを気に入ってしまったのだから。

「さて、そろそろ行こうか？」

「行くってどこにだよ？」

アロンダイトを身体の中に戻し、不機嫌そうな顔でクロが問いかけた。

「今日はたまたま魔族の幹部連中の集まりがあるんだ。そこで君のことを紹介しないといけない」

「は？」

クロの顔が盛大に引き攣る。それを見たルシフェルはニヤニヤと嬉しそうな笑みを浮かべた。

「第一印象ってとても大事でしょ？」

「なっ……いきなりかよ！」

不満たらたらのクロを無視して、ルシフェルは扉の方へ歩いていく。聞く耳をもたないルシフェルに苛立《いらだ》ちを覚えながらも、諦めたように息を吐き、クロは頭をかいた。

「……どうなっても知らねぇぞ。問題が起きた時はフェルが何とかしろよ？」

ドアノブに伸ばしていたルシフェルの手がピタリと止まる。

フェル、か……君以外に僕をそう呼ぶ男が現れるなんて夢にも思わなかったよ、アル。

ルシフェルは微《かす》かに笑うと、扉を開けながら後ろのクロに声をかけた。

「大丈夫だよ。何か起きてもクロなら対処できる」

「おまっ……それって俺に丸投げじゃねぇか!!」

クロの苦情には一切取り合わず、ルシフェルはさっさと歩いていってしまう。頬《ほお》をピクピク動かしながら盛大にため息を吐《つ》くと、クロはルシフェルの後を追った。

しばらく無言で歩いていた二人の前に両開きの大きな扉が現れる。かなり厳《いか》めしいつくりをしている扉を見て、クロがさらに表情を険しくさせた。

ルシフェルは扉に手を添えながら、後ろで仏頂面を浮かべているクロの方へ振り返る。

「クロは僕が呼ぶまでここで待機していてね」

「……もうどうにでもなれだ」

半ばやけになってクロが答えると、ルシフェルは満面の笑みを浮かべ、静かに扉を開いた。

部屋の中には既に幹部達の姿があり、各々が自分の席に座っている。中へと入ると一斉にその視線がルシフェルへと集中した。

「やぁ、みんな。少し待たせちゃったかな？」

「おい、ルシフェル！　悪魔の若いのが先走ったってのは本当の事かよ⁉」

ルシフェルが来るや否や、手前に座っている体毛の濃い大柄な男が声を荒らげる。ルシフェルは柔和な笑みを崩さず自分の席へと足を進めた。

「ライガの言う通り、悪魔の子が人間にちょっかいをかけたみたいだね」

「まじかよ……それでそいつはどうなったんだ⁉　まさかクソ共の手で……‼」

「落ち着きなさいライガ。ルシフェル様が自ら赴いたのです。そんなことがあるはずがないでしょう」

ルシフェルが腰を下ろした席の隣にいた金髪の美しい女性がライガを窘《たしな》める。そんな女性にルシフェルは笑顔を向けた。

「ありがとう、セリス」

「い、いえ……私は当然のことを言ったまでで……」

セリスと呼ばれた美女は頬を朱に染めながら顔を俯《うつむ》かせる。そんな様子を楽しみながら、ルシフェルはそのまま視線をライガに向けた。

「その悪魔はちゃんと僕が連れ帰ってきたよ。まぁでも独断での行動だから罰として城の掃除を言いつける予定だけどね」

ルシフェルが茶目《ちゃめ》っ気《け》たっぷりに笑う。それを聞いたライガはつまらなそうに鼻を鳴らした。

「せっかくクソ共との戦争の口実にしようと思ったのによ！」

「ライガには悪いけどまだ戦争はしないよ。リスクしかないからね」

「けっ‼」

ライガは不貞腐《ふてくさ》れたように机に肘をつき、そっぽを向く。ライガの態度が横柄なのはいつもの事なので、ルシフェルは特に気にすることもなく、集まった者達一人一人に視線を向けた。

「今日はちょっとみんなに報告があってね。予定していたことじゃないけどタイミングが良かったよ」

「報告……ですか？」

全く心当たりがないセリスが少し驚いたようにルシフェルに目を向ける。

「うん。実は新しい仲間が増えてね。みんなに紹介したいんだ」

そう言うとルシフェルは腕を上げ、指をパチンと鳴らした。それが合図になっており、先ほどルシフェルが入ってきた扉が音を立てながらゆっくりと開く。この場に集まる幹部達の視線が自然にそちらへと向いた。そして、その扉の先に立っている男を確認すると、ルシフェルを除くこの場にいる全員が驚愕《きょうがく》に目を見開く。

そこに立っていたのは我らが魔族の怨敵、人間の姿であった。


なーんかこうやって立たされてると、職員室に呼び出されたときのことを思い出して落ち着かん。

レックスがバカやらかすと、なぜか俺まで一緒に呼び出されんだよな。あれはまじで納得いかねぇわ。レックスの監督責任はお前にある、って俺は保護者か！　あいつらだけは魔族達が襲い掛かっても庇《かば》ってやらん。

それにしてもフェルのやつ、魔族の幹部に俺を紹介するとか言ってたけどバカなのかな？ あぁ、バカだったわ。

人間が魔族を憎んでるのと同じように、魔族も人間を目の敵にしてるだろうに。そんな魔族のトップ集団の中に俺を放り込むとか、腹ペコのドラゴンの群れに肉を放り込むが如《ごと》き所業だろ。正気の沙汰じゃねぇよ。

いや待てよ？ 意外と魔族は人間に好意的なやつが多いのか？ フェルの奴《やつ》が変わり者なんじゃなくて、俺の認識が間違っているという可能性も……。

そんな事を考えてたら目の前の扉が勝手に開く。まぁ会ってみれば全てはっきりするだろ。

俺は開いた扉の奥の部屋にいる魔族達の様子を観察する。

驚愕。からの憎悪もしくは警戒の視線。

……やっぱり俺の認識は間違ってなかったわ。こりゃ、がっつり人間の事を恨んでますね。

それともう一つ前言撤回、この如何《いかん》ともしがたい雰囲気を心の底から楽しんでいるフェルはバカじゃない、大バカだ。

「はいはい、みんなに紹介するからこっち来て」

学校の先生か、お前は。何を笑顔で手招きしとんのじゃ。俺は人見知りでなかなか教室に入れない幼稚園児じゃねぇんだよ。むしろこの場に人は俺しかいねぇよ。つってもこんな所に棒立ちになってても仕方ない。俺は無表情で、内心文句を言いまくりながら、フェルの隣に立った。

「じゃあ自分で自己紹介してみようか？」

先生役にはまってんじゃねぇよ！　何がしてみようか、だよ！　この状況で俺の名前に興味ある奴なんかいねぇだろ！

つーか一番扉に近い毛量すげー奴、めちゃくちゃ俺の事睨《にら》んでんじゃねぇか。ありゃ転校生にいちゃもんつける不良《ワル》だよ。新入りにクラス内の順位って奴をわからせてやる、って目をしてんじゃん。安心しろ、粋がってる不良《お前みたいなやつ》は元々ランク外だから。クラスで相手してもらえてないから。

とりあえずここは舐《な》められるわけにはいかねぇよな。そもそも人間ってだけでハンデを背負ってるみたいなとこあるから、一発かましてやらないと、これからの生活に支障をきたす。

俺は大きく息を吸い込み気持ちを落ち着かせると、キリッとした表情で幹部達に向き直った。

「……今日から魔王軍に入りました、クロっていいます。あっ、一応人間です。みなさんよろしくお願いします」

悲しいかな、コミュ障よ。自己紹介は定型文しか言えんのじゃ。

隣でフェルが自分の太腿《ふともも》をつねって必死に笑いを堪《こら》えているのが見えた。こいつは絶対に後でしばく。

「おいおい……こいつぁなんの冗談だ？」

不良が眉を吊《つ》り上《あ》げながら立ち上がった。やべぇ！　小銭巻き上げられる！

「ライガ、クロは自己紹介したんだから、こちらも挨拶をするのが先だよ」

いきり立つ不良に、フェルが静かな口調で告げる。だが、そんなことで止まるわけがない。だからこそ不良なのだ。そこんとこ夜露死苦《よろしく》ぅ！

「んなもん関係ねぇ!!　なんでここにドブくせぇ人間風情がいんのか――」

「僕の言うことが聞けないの？」

冷たい声音と共にフェルの身体《からだ》から殺気が放たれる。

ひゅー。バカでも流石《さすが》は魔王様。常軌を逸した殺気ですな。魔法陣なんて使ってないのに、部屋の温度が氷点下まで下がった気がしたぞ。これにはほとんどの幹部が身を竦《すく》めちまってんな。不良も含め。

ゆっくりと席に座ったライガを見て、フェルはにっこりと微笑《ほほえ》んだ。

「聞き分けがよくて助かったよ。さて、ここは僕が一人一人紹介していこう。その後にみんな一言なにか言うようにしてね」

フェルの発言に物申したい魔族達も、先程の殺気を前に、黙って従うほかあるまい。そんな幹部達を知ってか知らずか、フェルは能天気に右隣にいる魔族に目を向けた。

「こっちから反時計回りに行こうか。まずはトロールのギーだよ。ゴブリンやオークなんかのリーダーをしている。彼らには魔族の食料関係を任せているんだ」

「ギーだ、よろしくな」

肥満体型に緑の肌、布一枚ルックにバカでかい棍棒《こんぼう》。教科書に載ってたまんまの姿じゃねぇか。かなりヤバ目な見た目はしているが、その割にあの不良よりも話は通じそうなんだな。

ギーは短く返事をすると、俺を一瞥《いちべつ》しただけで、すぐに興味を失ったかのように視線をそらした。ふむ、別に歓迎も敵対もしないって感じかな。

「次はウンディーネのフレデリカ。精霊をまとめる彼女は、魔族の生活雑貨関係を取り仕切ってる。フレデリカは服屋さんだね」

「よろしくね、お兄さん。何かあれば色々と面倒見てあげるわ」

うおっ！　なんだこの美人！　滅茶滅茶《めちゃめちゃ》エロい！

確かウンディーネは水の精霊だよな。だから肌に薄く青みがかかってんのか……それも相まってかすげぇ妖艶な雰囲気を醸し出してんな。

腰まで伸びてる青い髪もサラサラでグッド！　手櫛《てぐし》で髪を梳《す》いたら何の抵抗もなく滑り落ちそう。

白衣を身に纏《まと》ってるから完全に女医さんだぞ、これ！　色々ってどんな面倒見てくれるんだ、これ！　いやはや、まったくもってけしからんぞ、これ!!

頬杖《ほおづえ》をつきながらこちらを見る姿からはあまり敵意を感じないな。むしろ楽しげですらある。是非ともこのお姉様とはお近づきになりたいものだ。

「鼻の下を伸ばしている場合じゃないよ」

フェルにジト目を向けられる俺。な、なぜわかった!?　極限までポーカーフェイスを貫いていたはずなのに！

「まぁいいや。次行くよ」

フェルは呆《あき》れた表情を浮かべながら、フレデリカの隣に座る不良に目を向ける。げっ、あいつまだ睨んでんな。

「一番最初にクロに絡んだのが人虎《ワータイガー》のライガ。獣人を束ねる長《おさ》だね。役割は資材の調達がメインかな」

「…………」

「ライガ」

「ちっ！　……俺様に関わるんじゃねぇぞ」

それだけ吐き捨てるように言うと、ライガは俺から視線を切った。

なるほど。俺の事は気に入らないけど、教師を敵に回すほどのドキュンではないようだ。

しかし、身体でけぇな。二メートルくらいあるんじゃねぇか？　トロールのギーの方がでかいんだが、人間と見た目が変わらない分、ライガの方がでっかく感じるな。

白いタンクトップから見える上腕二頭筋はまさしく筋肉の塊。こいつ絶対趣味は筋トレだ。俺とは相容《あいい》れない。

「窓の外にいるのが巨人のギガントだよ。ほら」

フェルが指差した方に目を向けると、中庭らしき所に巨大な人間が三角座りをしていた。

巨人とか初めて見たわ。いやーライガがでかいって思ったけど、このギガントに比べれば小さい小さい。だってこいつ優に五メートルは超えてるぞ？　だからお前の負けだライガ。ざまぁみさらせ。

「彼は身体が大きいから会議室に入らなくてね……申し訳ないけど、会議の時はこうやって城の中庭で参加してもらっているんだ」

「オラ全然気にしてねーです。はい」

ギガントは優しげな笑みを浮かべる。そして、魔王の隣にいる俺にまで笑顔を向けながら、あろうことか手まで振ってきた。

「オラはギガントってんだ。みんなより身体がでっけーから建築の仕事をやってるだ。何か建てたいものがあればオラに言ってけろ。いつでも力になるんだな」

やべぇ、こいつめっちゃいい奴。魔族の中でもかなりの癒《いや》し系だ。ギガントとならボッチの俺でも友達に……。

「あぁ、でもオラは力加減がわからないから、間違って殺しちゃったらゴメンだべ」

…………癒《いや》し系《けい》は遠くから見ておくに限る。近づいたら癒し系が天然殺戮《さつりく》系に早変わりしかねん。

「ギガントはとても優しいから仲良くしてね」

いや、うん。それはなんとなくわかるんだが、ハイタッチとかした日には俺の右腕吹き飛ぶだろ。

フェルは軽い口調でそう言うと、次の魔族に目を向ける。

「ライガの隣にいるのがデュラハンのボーウィッド。彼らには武器の製造をやってもらってる」

「…………」

あっ、こいつも魔族だったのか。なんか白銀の甲冑《かっちゅう》が椅子に座っているから、ただのアンティークの置きものかと思ってた。

これがデュラハンなんだな。動く甲冑、まさにホラー。夜、トイレに行って後ろに立っていたら、間違いなく漏らすレベル。だが、かっこいい。フルプレートには男のロマンが詰まっていやがる。

「…………」

…………。

「…………」

…………。

「…………」

いやなんかしゃべれよ!!　顔がないからどこ見ているのかわかんねぇよ!!　怒ってんの!?　ねぇ怒ってんの!?

「ボーウィッドは極度の照れ屋でね。みんなの前では話そうとしないんだ」

なん……だとっ……？　お前もコミュ障なのか。一気に親近感湧いて来たわ。俺はこいつと友達になりたい。

さて、と。問題はボーウィッドの隣で目を瞑《つぶ》ってる奴だな。こいつは幹部の中でもかなりやばそうだ。さっきフェルの放った殺気に何の反応も示さなかったのはこいつだけだからな。要注意人物、間違いなし。

「彼はヴァンパイアのピエール。ヴァンパイアは魔族の中でも特に魔法に精通しているからね。彼らには魔道具の作成をやってもらっているよ」

ヴァンパイア、魔族の中でも特に危険度の高い相手。十字架やニンニク、太陽の光が弱点だなんて、おとぎ話の世界の話。圧倒的な実力を兼ね備えているため、そんな弱点を作ってやらなければ、物語として成り立たないのだ。

鋭い犬歯に鋭利な爪。少し血色の悪い肌に灰色の長髪。顔つきからは年齢が一切判断できない。

ヴァンパイアのピエール……厄介な相手だ。敵に回さない方が賢明だろう。

俺がそんなことを考えていると、ピエールはゆっくりと目を開き、静かに口を開いた。

「この世は常に悲しみと憎しみに満《み》ち溢《あふ》れている。だからこそ世界は美しく光り輝く。歓迎しよう異端の者よ。其方《そなた》の持つ光とやらがどれほどのものなのか、吾輩《わがはい》に見定めさせよ！」

あっ、患者だこいつ。負けねぇわ。どんなに強くてもこいつには負ける気がしねぇわ。

なるほどな。性能がバカげている上に厨二《ちゅうに》チックなこのロングコートを作ったのも絶対こいつだ。おそらくフェルが着ている、胸まであいた黒いシャツも絶対そうだろ。

「ピエールは少し特殊な話し方をするんだけどすぐに慣れると思うよ」

「大丈夫だ。学校で似たようなやつを見たことがある」

「なんと!?　吾輩と同じく、神に選ばれし者が其方の近くにもいたというのか!?　……くっくっくっ……これだから止《や》められぬ！　選ばれし者はこの世にただ一人で十分！　このピエールが選定者であることをこの世界に知らしめて」

「じゃあ次で最後になるかな」

俺が視線で合図すると、フェルは容赦なくピエールの話をぶった切る。ピエールは少し不満げな表情であったが「魔王には神の御心《みこころ》はわからぬか……だがそれもいい」とかなんとか意味不明なことを呟《つぶや》きながら、腕を組んで再び目を瞑った。やっぱりこいつには負ける気がしねぇ。

俺は最後の魔族にちらりと目を向け、すぐに視線をそらす。

最後の魔族は肩まで伸びた、少しウェーブのかかっている金色の髪をした美しい女性であった。俺達に襲いかかってきたアトムと同じように、悪魔特有の気配を醸し出している以外、人間とほとんど見た目が変わらない。

先程紹介されたウンディーネのフレデリカに勝るとも劣らないほどの美貌を兼ね備えており、こちらは黒いボンデージを着ているため、しっかりとその巨乳を確認することができた。

え？　あまりに美人だから視線をそらしたのかって？　ノンノン。俺が視線をそらした理由は他にあるのさ。むしろこんな美人ずっと見ていたいくらいだっつーの。

こいつのダークブルーの瞳が他の幹部達よりも数段やばい。まるで親の仇《かたき》を見るような目で俺を見てんだよ。正直あの視線に耐えられんのは、心臓がオリハルコンで出来ているレックスくらいだ。俺は無理、心が折れる。

「彼女は悪魔族、サキュバスのセリス。幻惑魔法が得意な彼女達は人間達の監視や諜報《ちょうほう》の役割を担っているよ」

幻惑魔法？　聞いたことのない魔法だな。相手を惑わせる感じの魔法か？

まぁ、そんなもんなくてもこの美しさだ。下手な男ならコロッといっちまいそうだな。俺は平気。なぜなら、気を抜けばコロッと殺されそうなんで、見惚《みと》れている余裕なんてないぜ。

「セリスには今日まで僕の秘書も兼ねてもらっていたよ」

「セリスと申します。よろ……今日まで？」

射殺すように俺を睨《にら》みつけながら名乗ろうとしたセリスが、聞き捨てならない言葉に眉をひそめながらフェルの方に顔を向ける。

「そうだよ。今日からは魔王軍の指揮官の秘書を務めてもらう」

「指揮官の秘書、ですか……」

あからさまに気落ちしたような様子のセリス。こいつ、フェルにぞっこんだな。フェルを見る目にこめられている憧憬の念が半端ない。

つーかちょっと待て。指揮官って誰だ？　今までの紹介の中でそんな役職の奴《やつ》いたか？

「ルシフェル様、指揮官とは誰なのですか？」

あれ？　セリスも知らないの？　ってかみんな驚いたようにフェルに目を向けているところを見ると、誰も知らない感じなのか？

皆の心内など露知らず、フェルはニコニコと幹部達に笑いかけていた。

……いや待て、俺にはわかるぞ。その顔はまずい。非常にまずい。新しい仲間に新しい役職。その二つから導き出される答えは……おいバカやめろ。

「ここにいるクロを今日から魔王軍の指揮官に任命しまーす」

「「「「はっ？」」」」

……この大馬鹿野郎、やりやがった。

「ちょ、ちょっと待ちやがれ！　どういうことだよ⁉」

「わ、私も納得できません‼」

ライガとセリスが同時に立ち上がる。ギーとフレデリカも呆気《あつけ》にとられた表情でフェルを見つめ、ピエールはゆっくりと目を開くと、興味深げな視線を俺に向けた。

ギガントはよくわかっていないのか首を傾《かし》げており、ボーウィッドは全くの無反応。わかる、わかるぞ！　みんなと同じ波に乗れないのがコミュ障だよな！　うん！　やっぱり俺はこいつと友達になろう！

「納得できないって言われても、これは決定事項だから」

「いくらルシフェルの言葉でも俺は認めねぇぞ‼」

ライガが力任せに目の前の円卓に拳を打ち付ける。円卓は床をぶち抜き、そのまま下の階へと落ちていった。やべぇよ、こいつ。バカ力にもほどがあんぞ。

「おいてめぇ‼」

ライガが俺をビシッと指さした。この流れは大体察しがつくぞ。

「表へ出やがれ‼　誰が指揮官に相応《ふさわ》しいかその身に叩《たた》き込《こ》んでやるよ‼」

はいでました。暴力に訴えかける脳筋の図。これだから嫌だよねぇ、力こそ正義だと思っている輩《やから》は。そんな野蛮なこと我らが魔王様はお認めになりません。

「んー……確かにライガの気持ちもわかるね」

えっ？　気持ちわかっちゃうの？

「いきなりやって来た新人が指揮官なんて、みんなにしてみれば面白くないよね」

えっ？　それをお前が言っちゃうの？

「よし！　みんな闘技場に集合だ！」

えっ？　闘技場に集合しちゃうの？

フェルの言葉を聞いたライガが意気揚々と会議室から出ていく。他の幹部達もスッと立ち上がり、その後を追った。セリスだけはキッと俺を一睨みするというおまけつきで。

「これは面白くなってきたね」

指を組みながらニヤニヤと笑っているフェル。今この場にいるのは俺達二人だけ。今なら目撃者いないよね？　魔王をぶちのめして、俺が世界を救っても問題ないよね？

「クロにとってもみんなに実力を示すいい機会なんじゃない？」

「ほざけ。お前との戦いで魔力が尽きたって言ってんだろ」

見た感じどいつもこいつも一筋縄ではいかなそうな連中。その中でもライガはゴリゴリの近接戦闘タイプだろ。今の俺が太刀打ちできるわけがない。三秒で土に還《かえ》る自信がある。

いや待てよ？　フェルにもらったアロンダイトを使えばワンチャン……。

「あぁ、ちなみにアロンダイトの使用は禁止するからね。みんなはあれが僕の剣だって知っているから、君に渡したってバレるとまたみんなの不満が溜《た》まっちゃうよ」

地獄に落ちろ。このくそ魔王が。


ところ変わって、ここは城にある闘技場。移動しながらフェルに聞いたんだが、ここはフェルが住んでる魔王城らしい。城内には中庭に闘技場、訓練場、大食堂に大浴場、衣装部屋や魔法試射場に娯楽施設まであるんだってさ。総合アミューズメントパークかここは。

闘技場はいたってシンプルなつくりをしていた。半径三十メートルぐらいの円形のフィールドに、それを囲むように観客席が配置されている。収容人数は千人以上で、たまに魔族同士の力比べも行われているらしい。

今フィールドにいるのは俺とライガの二人。それ以外の幹部とフェルは観客席に座って俺達を見ている。完全に見世物だな。くそが。

「おいクソ人間」

俺が恨めしそうに観客席に目をやっていると、ライガが腹の底に響くような低音で俺に話しかけてくる。

「てめぇがどんな手を使ってルシフェルを誑《たぶら》かしたか知らねぇ……あいつはたまにおかしいことを言い出すからな」

誑かすって……。ちょっとそういう言い方やめていただいていいですかね？　ああいう中性的なイケメンだと誤解が生まれやすいので。てか、やっぱり部下からもおかしいって思われてるじゃないですかフェルさんやだー。

「あいつのこういう暴走を止めるために俺達幹部がいるんだ。お前をぶち殺してルシフェルの目を覚まさせてやるよ」

めちゃくちゃ怒っとりますやん。俺なんかしたっけ？　魔王軍の指揮官になっただけですよ？

人間の国にいきなり見知らぬ魔族がやってきて、王様が「今日から彼が大臣です。みなさんよろしくね」と宣言。

うん、有罪。

ライガの身体《からだ》に魔力が集中する。それと共に体毛が伸びていき、爪や牙が鋭利になっていった。

おぉ！　これが獣人のアニマルフォーゼか！　初めて見たぜ！

　黄色の毛に黒い縦模様がちらほらと。柄的にも完全に虎だな。フェルも紹介するときに人虎《ワータイガー》って言ってたし、なんか鋭い牙からグルルって唸《うな》り声《ごえ》聞こえるし……つーかこれやばくね？

「行くぜ……恨むんならこんな場所にてめぇを連れてきたルシフェルの野郎を恨みな！」

　大丈夫だ。こんな展開にしたフェルの事は最初から恨んでるから。願わくばあのショタ顔に右ストレートを叩き込みたい。

　ライガが大きな亀裂を作りながら地面を蹴ると、猛スピードでこちらに迫ってくる。いやーこれまじでどうしよう。魔法陣が使えれば何とでもなるけど、魔力がほとんどない今の俺はパンピーもいいとこ。使えて魔法が一つか二つ。つっても、敵か味方かわからんし、こいつらの前であんまり手の内をさらけ出したくないんだよね。……でも、やられるだけってのは性に合わん。

　こちらにまっすぐ向かってくるライガをしっかり見据えながら、それでも動く素振りを見せない。そんな俺を見て、ライガは訝《いぶか》しげな表情を浮かべたが、構わず突っ込んできた。

「死ねぇぇぇぇぇぇぇ!!」

　兄貴、殺す気満々ですね。

「〝暴風の槍《トルネードスピア》〟」

「っ⁉」

奴の拳が俺に当たる寸前、一瞬で魔法陣を構築し、発動する。瞬間的に魔法陣を組成するのは上級魔法《トリプル》が限界だ。まぁ、今の魔力ならどっちにしろ最上級魔法《クアドラプル》は無理なんだけどな。

俺の魔法がライガの胴体に突き刺さり、奴のパンチが身体の前に構えた俺の左腕に炸裂《さくれつ》する。そして、俺達は勢いよく後方へと吹き飛んでいった。

ライガの拳によって推進力を得た俺の身体は、頑丈に作られているはずの闘技場の壁をいともたやすく破壊する。そのまま闘技場を越えた城内の壁に叩きつけられ、ズルズルと倒れこんだ。

痛《い》ってぇぇぇぇぇぇ‼　後ろに飛んで威力を減衰させたはずなのに、どんな怪力してんだよ‼　あのクソ虎‼

俺は朦朧《もうろう》とする意識の中、完全に折れている左腕で何とか回復魔法を唱え、自分の身体に最低限の治癒を施す。向かい側で立ち昇っている土埃《つちぼこり》からスッと虎男が立ち上がったのが見えたが、身体が言うことを聞かない。

やべぇよやべぇよ。あの虎野郎、ピンピンしてるじゃねぇか。魔力がないなりに一点集中型の魔法を放ったたっていうのに、どんだけ頑丈な身体してんだよ。流石《さすが》にもう動かねぇぞ。初級魔法陣《シングル》だって組成できる気がしない。……ここで俺が死んだら絶対にフェルを呪い殺してやる。

「ちっ……気に入らねぇ」

だが、ライガは吐き捨てるように呟《つぶや》くと、アニマルフォーゼを解除し、踵《きびす》を返して闘技場から去っていった。あれ？　終わり？　もしかして俺許された？

「ライガは超がつくほどの実力主義。なんでも力で解決しようとするけど、脳みそまでは筋肉じゃないんだ」

俺が声のする方に目を向けると、いつの間にか近くにいたフェルが俺に対して微笑《ほほえ》んでいた。どっからどう見てもあいつは脳筋だろ。お前の目は節穴か。

「彼も相当な実力者だからね。クロと拳を重ねて思うところがあったんだよ」

フェルが手をかざして俺に回復魔法をかける。それまで俺の身体を蝕《むしば》んでいた痛みが奇麗さっぱり消えてなくなった。……とりあえずこの回復魔法で今回の茶番の件はチャラにしてやるよ。

「ルシフェル様!!」

と、そんな俺達の所に駆け寄ってくる金髪の美女。

「セリス、他の幹部達はどうしたのかな？」

「えっ……あっはい。他の人達はライガが闘技場からいなくなると、そのまま自分達の領地へと帰っていきました」

「そうかそうか。じゃあクロが指揮官になることに異議をとなえる者はもういないってことだね」

フェルは嬉《うれ》しそうに笑っているが、セリスは微妙な表情を浮かべていた。フェルさんや、目の前にいるこの人は全然納得しているように見えないのだが？

「じゃあセリス、今日からクロの秘書として頑張ってね」

「……ルシフェル様がそうおっしゃるなら、可能な限り努力いたします」

いやいや努力するって人の顔じゃないよね？　俺の事を夏場の台所に出てくる黒いあれを見るような目で見ているよね？　フェルさんチェンジで。フレデリカお姉さまとチェンジでお願いします。

「じゃあ僕は自室に戻るね。クロも今日は色々あって疲れていると思うから、庭師の家まで連れて行ってあげて？　もうあそこにはだれも住んでないからクロの家にしてもらって構わないよ」

「……仰せのままに」

「それと明日の朝になったらセリスがクロを僕の所に連れてきてね。それじゃ」

それだけ言うとフェルは転移の魔法陣を描き、この場から消える。

残された俺達。えっと……どうしよう。この沈黙まじで気まずい。正直ライガと戦っている方が全然楽だったわ。

なんて話しかければいいのか迷っていると、セリスは無表情のまま俺を起き上がらせてくれた。そして、何も言わずに俺の服についている土埃《つちぼこり》をはたき落としてくれる。

「あ、ありが――」

「勘違いしないでください。こんな汚い格好で神聖な城の中を歩いて欲しくないだけです」

なにこいつ。俺が素直にお礼を言おうとしたのにめちゃくちゃ感じ悪いんですけど。

セリスは一通り俺の汚れをはたくと、背を向けスタスタと歩き出した。えっ？　放置？

俺このまま放置されんの？

「何をしているんですか？　さっさとついてきてください。あなたに割いている時間なんてないんですから」

呆《ほう》けている俺に蔑むような視線を向けてくる。まじでなんなのこいつ。見た目はこんなにも美人なのに、ここまでキッツい性格していると何の魅力も感じない。

……だが我慢だ。大変遺憾ではあるが、セリスは俺の秘書となったのだ。ということは

この女から色々な説明を受けるのだろう。ここでセリスの機嫌を損ねれば、俺は何もわからないままここで孤立することになる。ここは大人になって素直にセリスの言う通りに……。

「そこであほ面浮かべて立たれていても迷惑なんですが？　元から間の抜けた顔をしているのに、それ以上ひどくなると見られたものではないですよ」

このアマ、まじでいつか泣かす。

心の中で誓いをたてつつ、黙って後ろについていく。セリスに連れてこられたのは、先ほど巨人のギガントが会議に参加する際に座っていた中庭、その隅にある木の小屋であった。

「ここです」

セリスは無機質な声でそう言うと、小屋の扉を開く。開けた瞬間、積年の埃があたり一帯に舞い上がった。ごほっごほっ……こりゃ、何年も使ってなかったな。とても人が住めるような環境じゃねぇぞ。

「あなたのような人にこんないい住まいを提供なさるとは、やはりルシフェル様の優しさは天井知らずですね。あなたも感謝してください。それでは私はこれで。甚だ不本意ですが、明日の朝お迎えに上がります」

俺がきょろきょろと部屋を見回していると、セリスはまくしたてるように告げ、そのまさっさと小屋から出ていった。マジで性格悪いぞあの女。まぁ、いい。今は小屋の状況を確認するのが先決だ。

うーん……机に椅子にタンス、見た感じ必要なものは揃《そろ》ってるようだな。なんか無駄に二階建てだし、一人で暮らすには広すぎるぞこれ。

トイレもお風呂も一応完備されているけど、結構放置されててこのままじゃ使い物にならねぇな。寝室にはベッドもある、と。

キッチンには魔水道もあるし、魔コンロもある。全室に魔照明もあるし、こりゃマジックアカデミアの寮よりもさらに豪華だぞ？　若干年季が入ってはいるが。

とりあえずまだ日も落ちてないし、今日は家の掃除を終わらそう。奇麗にすれば、これはかなりの良物件だ！

俺はフェルからもらった黒コートを脱いでTシャツ短パン姿になると空間魔法に収納していた箒《ほうき》やら、はたきやらを取り出し、家の掃除を始めた。

なんか夜にセリスがやってきたみたいだけど、俺が本格的に掃除をしている姿を見て、何も言わずに夕食だけ置いて帰っていった。どうせ口を開けば俺の悪口なんだから、黙って帰ってくれたのは僥倖《ぎょうこう》だな。

夕食はパンとシチューだけだったけど、なかなかにうまかった。魔族の食事が食べられるか、と少しだけ警戒していたが、これなら何の心配もいらないな。

とりあえず人が住めるくらいにはなったぞ。ってか、掃除に夢中になりすぎて、すっかり夜が更けた事に全然気がつかなかった。

俺は風呂で汗を流し、歯を磨くと、寝間着に着替えそのままベッドにダイブする。歯ブラシや着替えを空間魔法に収納していたのはマジでファインプレーだわ、昔の俺。

俺はベッドに横になりながら今日起きたことを思い出す。

一日で色々変わっちまったな。朝は林間学校やってたっていうのに、気がついたら魔族領だよ。しかも、魔王軍の指揮官とかいうオマケ付き。

まさか俺が魔族の仲間になるなんて思わなかったな。魔族に思うところがないわけじゃないっつーのに。やっぱ人生何が起こるかわからんわ。

なぁ？　お前もそう思うだろ？

「……隠れてないで出て来いよ」

「あはっ、ばれちゃった？」

俺が寝室の窓に目を向けると、いつの間にか笑みを浮かべたフェルが窓枠に座っていた。

「なんか用か？」

「いやー手入れをしてなかったから、ちゃんと住めるか心配でね」

　よく言うぜ。心配なんか微塵《みじん》もしてないような顔しやがって。俺が不貞腐《ふてくさ》れながら寝返りを打って視線を外すと、フェルは背中越しに話しかけてきた。

「彼女、どう？」

「彼女？」

　俺が訝《いぶか》しげな顔を向けると、フェルは意味ありげな笑みを浮かべる。

「セリスだよ」

　あぁ、あのクソアマね。ルックス以外零点どころがマイナスだよ。つーか聞かなくてもわかるだろ。

　フェルは俺の表情から言いたいことを察したのか、楽しそうにくすくすと笑った。

「セリスは僕に依存しすぎている節があってね。だから君の秘書にしたんだ」

「……人選ミスじゃねぇの？　あいつからは憎悪以外の感情を感じないぞ？」

「今はそうかもね。でも、君なら変えられるって信じてる」

　勝手に信じてんじゃねぇよ。まず俺が変える気がねぇ。変える気がねぇから変わるわけがねぇ。

「じゃあ後はよろしくね。明日からは彼女と一緒に行動してもらうから。……ちゃんと彼女を守ってあげるんだよ？」

はぁ？　なんで俺があんな女を守らないといけねぇんだよ。んだよ。つーかなんであいつ限定なんだよ。

「……守れなかったら？」

「その時は癇癪《かんしゃく》起こして人間の国を滅ぼしちゃうかも」

爽やかな笑顔で言うことじゃねぇよな、それ。目が笑ってないし。でも、絵になっているところがむかつく。

「じゃあ頼んだから」

フェルは言いたいことだけ言って、さっさと自分の部屋へと戻っていった。なんか爆弾を押し付けられただけのような気がしないでもない。

セリスを守る、か……むしろあの女の殺気から俺のことを守ってもらいたいんですけど。

まぁ、何とでもなるか。困ったことが起きたらそん時考えればいいや。今日できることは明日やると見せかけて、明後日《あさって》やる男だからな、俺は。

そんなことを考えながら、俺はゆっくりと瞼《まぶた》を閉じていった。

第３章　俺に娘ができるまで

夢を見た。
何でもできる親友の夢。
俺はそいつの隣に立つために、いつも必死になっていた。
そいつは一度見ればなんでもこなす。しかもすべてが超一流の腕前。
俺はそんな親友と共にいるために躍起になって努力した。
一つでいい。何か一つだけでもそいつに勝てれば。
俺はそいつの側《そば》にいる自分を許すことができる。

目を開けると見知らぬ天井だった。いや見知らぬってわけじゃないな。昨日の夜、寝る前にこの天井の隅に蜘蛛《くも》の巣を見つけて、起きたら撤去しようと思ってたし。正確にはあまり見たことがないけど、蜘蛛の巣が気になる天井だ。

俺は身体《からだ》を起こし自分の魔力を感じ取る。よし、一晩寝たおかげで何とか魔力は元通りになってるな。

とりあえず洗面所で顔洗って歯を磨いてっと。

ドンドンドン。

……朝っぱらからうるせぇな。そんな大きな音を立てて扉を叩《たた》くんじゃねぇよ。ご近所さんに迷惑だろ。

俺が歯ブラシを咥《くわ》えながら不機嫌そうに家の扉を開けると、俺より不機嫌な顔をした美女が、手に朝ご飯を持ちながらそこに立っていた。

「おは」

「おはようございます。さっさとこれを食べてルシフェル様の所に行きますよ」

俺の挨拶をかき消すようにセリスが早口で用件を告げる。今日はワイシャツにタイトスカートというシンプルな服装。ただ、スカートから覗《のぞ》いている足は白魚のように白く透き通っていた。やっぱり魔族の服っていうのは人間の物とは少し違うんだな。なんというか挑発的な雰囲気を感じる。

だけど、そんな美貌も刺々《とげとげ》しい雰囲気と苦虫を噛《か》みつぶしたような表情で全てが台無しだっての。

「……少しは愛想よくしろよな」

「あなたに愛想を振りまくくらいなら、犬にでも食わせた方が百倍マシです」

セリスは俺を押しのけるように家の中に入ると、お盆を机の上に置いた。

「待つのは十分だけです。さっさと支度してください」

早口でまくし立てると、セリスは俺の返事も聞かず、扉を乱暴に閉めながら小屋から出る。やばい、ストレスで禿《は》げそうだわ。

俺は大急ぎで朝食を胃に流し込み、ベッドの横にかけてある黒いロングコートに着替えた。所要時間は五分。これならば文句は言われまい。俺は自信満々に小屋を出ると、外で待っていたセリスに近づく。

「よぉ、五分で支度して」

「遅いです。亀でももう少し早く来ますよ。時間は有限なんですから、テキパキ動いてください」

ツン、と顔を背けるとセリスはさっさと中庭を歩いていった。すいません、職場の部下に恵まれません。誰か助けていただけませんでしょうか？

「あっ二人ともおはよう！」

「おはようございます、ルシフェル様」

「……おはようございます」

セリスがいる以上、フェルに気安い感じで話しかけるわけにはいかない。そんなことをした日には、持ってくるご飯が泥と雑草に変わってしまいそうだ。それがわかっているのか、フェルはニヤニヤと笑いながら俺の方を見ている。帰ったらあいつを模したサンドバッグを作ろう。絶対にだ。

「今日もセリスはきれいだね」

「そんな……お戯れを……」

今日の天気を言うみたいにフェルがサラッとセリスを褒める。セリスの方も顔を赤くして満更でもないご様子。あーそういうのは俺がいないところでやってくれませんかねぇ。

「それで？　ここにきて最初の俺の仕事は何ですか？」

フェルとの会話を邪魔されたセリスが鬼の形相でこっちを睨《にら》んでいるけど、俺は気にしない。一番大事なのはさっさとこの場所から退散すること。今の俺はカップルとなぜか三人で一緒に遊んでいる男の気分。場違い感が半端ない。

「うーん、本当は城の中を見てもらおうと思ってたんだけど、ちょっと問題が起きちゃってね」

ちょっと問題が起きた時、それがちょっとではないことは世の常である、Byクロムウェル。

「クロはメフィストって知ってる？」

「メフィスト？」

「メフィストは私達悪魔の中で魔法に長《た》けた種族の事です」

セリスがそんなことも知らないのですか？　といわんばかりの視線を俺に向けてくる。

知るかよ。魔族史の授業は全部睡眠学習だったたっつーの。

「そのメフィストってのは魔族の中でも穏健派でね。争うことが大っ嫌いなんだ」

「へー……魔族の中にも、そういう奴《やつ》がいるんですね」

魔族っていうのは問答無用で戦いを求める奴らだとばかり思っていたが、どうやらそうではないらしい。学校では血も涙もない冷血殺戮《さつりく》マシーンみたいな連中だって話を聞いていたんだがな。

「そんなメフィスト達が集まる小さな村が人間領の近くにあってね。その村で今トラブルが発生してるんだ」

「ふーん……どんなトラブルですか？」

「人間に襲われて壊滅寸前らしい」

フェルの言葉に、セリスの身体がピクッと反応する。

「そんな……彼らは人間達を襲ったりしないじゃないですか⁉　それなのに人間は彼らを襲うのですか⁉」

俺の隣でセリスが怒りに肩を震わせていた。だがセリス、その発言はお門違いだぞ？

「じゃあ、お前らは魔族を襲ったことのない人間と、襲ったことのある人間を区別して攻撃してるのかよ？」

「っ⁉　そ、それは……‼」

「結局、良い魔族も悪い魔族も人間にとっちゃ、ただ一括《ひとくく》りに魔族なんだよ。それはお前らにとってもそうだろうが」

「……そうだね。クロの言う通りだよ。今回の件に関して僕らは人間を非難するわけにはいかないし、逆に無害な人間を殺したとしても非難される筋合いはない」

「……くっ‼」

セリスが悔しそうに唇を噛む。おぉ、悔しがれ悔しがれ。魔族贔屓《びいき》も大概にしろってんだ。

「その穏健派の魔族の村が壊滅しそうなのはわかりました。俺は一体何をすればいいんですか？　生き残りを助ければいいんですか？」

「えーっとね、見てきて欲しいんだ」

「は？」

思わず素が出てしまう俺。隣でセリスも驚いている。

「見てきて、って助けなくていいのか……いいんですか？」

「それは指揮官の判断に任せるよ。そもそも生き残りがいるとも限らないし、生き残りを助けたところで魔王軍に従うとも思えない」

まーた、めんどくさいことを……。これなら助けて来いって命じられた方がまだ動きやすい。

「それじゃ、任せたよ。場所はセリスが知っているし、彼女は転移魔法を使えるから」

フェルが笑顔で俺達に手を振る。これ以上話をしても無駄だと判断した俺は、軽く頭を下げると、足早にフェルの部屋から出ていった。その後に慌ててセリスがついて来る。

「ちょ、ちょっと待ってください！」

「なんだよ？　やることははっきりしたんだ。さっさと行って仕事を片づけちまおうぜ」

「仕事を片づけるって……あなたは今の仕事に納得したのですか⁉」

セリスが俺の前に立ちふさがる。なんだこいつ、めちゃくちゃ面倒くせぇ。

「納得したも何も、魔王様の命令なんだから従うほかないだろ？　お前は命令に反したいって言うのか？」

「そ、そういうわけじゃ……‼」

「だったらさっさと俺をその村に転移させてくれ」

俺も転移魔法は使えるが、行ったことのないところに転移することはできないからな。ここはこいつに頼るほかない。

セリスはまだ何か言いたげであったが、諦めたように息を吐くと、その場で魔法陣を組み上げる。ふむ、なかなかに奇麗な魔法陣だな。

「なにしているんですか。早く私の肩に摑《つか》まってください。……変なところを触ったらタダじゃ置きませんよ？」

触んねぇよ！　ウンディーネのフレデリカさんならともかく、性格破綻しているお前には一切の欲情を感じない。

俺が肩に手をのせると、セリスは一瞬嫌そうな表情を浮かべたが、すぐに転移魔法を発動させた。

俺達が転移してきたのは森の中。生き物達が活動している時間帯だというのに、そこは異様なほど静かだった。

「少し遠くに転移しました。村はこちらです」

まぁ、いきなり村の中に転移するわけにもいかねぇか。俺は刺々しい雰囲気を纏《まと》いながらズンズン森の中を進んでいくセリスに黙ってついていく。

少しだけ歩いたところで、フェルが言っていたメフィストの村と思《おぼ》しき場所にたどり着いた。その村を見た途端、セリスが静かに息を呑《の》む。

予想通りと言うべきか、村には惨状が広がっていた。木で作られた家々には火が放たれており、そこら中に魔族の死体が転がっている。人間の死体が一切転がっていないところを見ると、本当にメフィストって種族は穏健派なんだな。自分達が襲われても交戦しないとは。

何も言わないセリスにチラリと目を向けると、口元に手を当て、目に涙を溜《た》めていた。

おいおい、フェルが壊滅寸前だって言ってたんだから心づもりはしとけよな。仮にも魔族の幹部だろ。

……まぁ、あまり気持ちのいいもんじゃねぇけどな。

なるべく気配を殺しながら朽ち果てた村を散策していると、なにやら人間の話声が聞こえてきた。俺は無言でセリスに手で指示を出し、崩れた家の陰に身をひそめ様子を窺《うかが》う。

とりあえず姿が確認できたのは二十人ほどの人間。何かを取り囲むように集まり、視線を下に向けていた。

「おい、どうするよこいつ」

「決まってんだろ。魔族は皆殺しだ」

なんかモブキャラAとBが半笑いで何かを足蹴にしているな。会話の内容的に足元にいるのは魔族か？

「そこで何をしている？」

人間達の集団に大きな鉞《まさかり》を担いだ男がのっしのっしと近づいてきた。うーん、雰囲気的にあいつがリーダーっぽいな。偉そうに歩いているし。

そいつが来ると、何かを囲っていた人間達が左右に割れる。そのおかげでやっと囲われていたものを見ることができた。

それは魔族の子供だった。地面に蹲《うずくま》り、小刻みに震えている。

鉞を担いだ男は少しの間転がっている魔族の子供を見つめると、そのまま容赦なく蹴り飛ばした。小さな悲鳴と共に吹き飛ばされた魔族の子供は壁に叩《たた》きつけられ、そのまま崩れ落ちるようにして地面に倒れる。そんな魔族の子供をゴミのように見る人間達。リーダー格の男はお世辞にも上品とは言えない笑みを浮かべた。

「おい、ガキ。お前ら魔族は生きているだけで迷惑なんだ。人間様のためにとっとと死んでくれや」

……はぁ。頼むから人間の品位を落とさないでくれ。隣にある爆弾が今にも爆発しそうなんだが。

俺は再度人間達に目を向ける。愉快そうに笑いながら倒れた魔族の子供を蹴るやつらを見て、俺は心の底からため息を吐《つ》いた。

許せない。

セリスの頭の中にはその言葉以外に思い浮かばない。確かに魔族は人間の敵だ。それはわかる。自分達も人間を殺すのだから、魔族が人間に殺されても……文句は言えない。

だが、魔族といえど相手はまだ子供なのだ。それにもかかわらず、あそこまで嬲《なぶ》るような真似《まね》ができる彼らの方が、よっぽど魔族に近いのではないだろうか。

大勢に袋叩きにされた挙句、頭を摑まれて投げ飛ばされた魔族の子供を見た瞬間、セリスは我慢の限界をむかえた。

魔力を全開に滾《たぎ》らせ、感情の赴くまま憎き人間どもの前に飛び出そうとする。が、その腕をクロが摑んで止めた。

「……放してください」

凍り付くような声でセリスが告げる。しかし、クロがその手を放す素振りは一切ない。

「あなたも人間ですものね。あちら側の味方をするのは当然のことですか」

「………………」

「ならばあなたを殺して、私はあの子を助けます」

セリスが冷たい視線と共にあらんかぎりの殺気をクロにぶつけた。それでも、クロに一切怯《ひる》んだ様子はなく、無表情のまま何も言わずにセリスの顔を見つめている。その態度が、さらにセリスの神経を逆なでした。

「さっさと放さないと本気で――」

「俺は魔王軍の指揮官だ。勝手な行動は許さない」

クロが静かに告げる。ルシフェルがそれを認めている以上、セリスもこう言われてしまえば身動きが取れない。

セリスは怒りに顔を歪《ゆが》めながら、強引にクロの手を振りほどく。クロは素直にその手を放したが、それでセリスの怒りが鎮まるわけもない。

ルシフェル様が連れてきたこの男も、所詮は人間ということですね。

セリスが憎々しげに見つめるも、クロは一切気にする様子はない。これ以上この男に関わっていても時間の無駄だと判断したセリスが魔族の子供に視線を戻すと、まさにリーダー格の男が持つ鉞によって命が奪われようとしていた。

「あっ……!!」

セリスの足が勝手に動く。だが、振り上げられた鉞を止めるには距離がありすぎた。彼女にできることは目を固く閉じ、現実を受け入れないようにすることだけ。

ザシュッ。

乾いた風切り音がセリスに現実を突きつける。救うことができたはずの小さな命が今目の前で失われた。怒りに身を震わせながら、ゆっくりと目を開く。

だが、そこにはセリスが想像していたような光景は一切広がっていなかった。

慌てふためく人間達。鉞を持つ男もきょろきょろと辺りを見回し、何かを探している。

その足元には先ほどまで転がっていた魔族の子供の姿はない。

「やれやれ……勘弁して欲しいぜ、まったく」

セリスを含め全員が声のする方へ目を向ける。そこには崩れかけた屋根の上に魔族の子供を抱え、見慣れぬ紺色の仮面をつけたクロの姿があった。

「てめぇ……何者だ⁉　魔族の仲間か⁉」

鉞の男が声を荒らげる。目元が仮面で隠れているため、クロの表情を読むことはできない。

「ガーガー喚《わめ》くな。耳に響くだろうが」

だが、その声からここにいる人間達を軽んじている事は容易に感じ取れる。それを察してか、鉞を持つ男の眉が怒りに吊《つ》り上《あ》がった。

「はぁ⁉　いきなり出てきてなんだってんだよ⁉　てめぇは一体誰なんだっ⁉」

「どうでもいいだろ、んなこと……それよりお前ら、この子に何をしようとした？」

男の話に心底興味がない口調でクロが問いかける。その様も、男を苛立《いらだ》たせた。

「何をしようとした、だぁ？　今殺してやるところだったんだよ‼」

「そうだそうだ‼　さっさとそのゴミをこちらに投げ渡せ‼」

「高いところからかっこつけてんじゃゃねぇぞ‼」

鉞の男に勇気づけられたのか、周りの人間が騒ぎ立てる。クロはそんな人間達を静かに見下ろしていた。

「殺す、か……まだ子供だぞ？」

「関係ねぇ!!　魔族なんて害悪はこの世から葬り去ってやるんだよ!!」

鉞の男が魔法陣を組成し、クロに向かって魔法を放つ。が、いつの間にかそこにはクロの姿はなく、無情にも魔法は上空へと飛んでいった。

狐《きつね》につままれたような顔をしている人間達をあざ笑うかのように、今度は後ろの屋根に現れたクロが声をかける。

「まぁ、確かにそうだよな」

「い、いつの間に……!?」

人間達が慌てて振り返り、奇妙なものを見るような目をクロに向ける。だが、クロは意に介さず、淡々と話を続けた。

「魔族が今まで人間達にした事を考えたら、魔族は害悪だって言われても否定しづらい」

クロは魔族の子供を抱えながら、うんうん、と納得したように頷《うなず》く。それを見た人間達が一瞬呆気《あっけ》にとられたような顔をした。

「な、なんだよ。話がわかるじゃねぇか。ならさっさとそいつを――」

「ところで、この村の魔族はお前達に何かしてきたのか？」

クロの指摘に何人かの人間がピクリと反応する。人間達の中で死んだ者はおろか、傷を負った者すら一人もいない。それだけでクロの問いかけの答えには十分であった。

「なるほど……反撃もしないやつらを一方的に蹂躙《じゅうりん》した、と」

「だ、だったら何だってんだ⁉　俺達は近くに魔族の村があるってだけで夜も眠れないんだよ‼　今回はたまたま襲い掛かってこなかっただけで、次にそうなるとは言えねぇだろうが‼」

「まぁ、そうだよな……。確かに魔族が側《そば》にいるというだけで、人間にとっちゃはた迷惑な話だ。こんな時代だ、何されるかわかったもんじゃねぇし」

再び首を縦に振るクロ。そんなクロに人間達が訝《いぶか》しげな表情を向ける。まったくもってこの男の目的が読めない。魔族の子供を助け出したかと思えば、こっち側に賛同するような意思を見せる。魔族の味方なのか人間の味方なのか推し量ることができずにいた。

「お前の言いたいことがさっぱりわからねぇ……正しい選択だと思うなら、そのガキをこっちによこせってんだよ‼」

鈸の男が恫喝《どうかつ》するような声を上げる。すると仮面の下にあるクロの口角が少しだけ上がった。

「なに……簡単な話だ。たとえ無抵抗だとしても、リスクを回避するために魔族の村を襲ったたってのは人間として当然のことだ。別に責めちゃいねぇ」

「そうだよ！　わかってんじゃねぇか！　ならさっさとそのガキを――」

「だが、何の力もない魔族のガキを笑いながらいたぶって、挙句の果てには殺そうとして、なにも感じねぇってんなら……」

クロが仮面の奥の目を細め、身体中《からだじゅう》から魔力を解き放つ。

「お前ら人間じゃねぇよ」

クロの放った魔力は離れたところにいたセリスにまで感じ取ることができた。そのあまりの凄《すさ》まじさに、セリスは思わずごくりとつばを飲み込む。これほど強大な魔力を感じるのは、セリスが知る中ではルシフェル以外にはありえなかった。

そんな魔族の幹部でもあるセリスが恐れを抱くほどの魔力を、正面から受けた人間達はどうなるか。そんなことは火を見るより明らかだった。

持っていた得物を地面に落とし、氷の中にいるように身体をブルブルと震わせている。中には失禁している者までいる始末。リーダー格の男ですら、鉞を抱き込むように抱え、恐怖におびえた目でクロを見ていた。

「この村にはお前らを脅かす魔族はもういない。それがわかったんならさっさと消えろ」

その言葉と同時にクロは魔力を解く。やっと身体の自由がきいた人間達は、蜘蛛《くも》の子を散らすように四方八方に逃げていった。

「一体何者なんですか……」

いまだに目を見開いたままクロを見つめるセリスの呟《つぶや》きは、逃げ惑う人間達の叫び声によってかき消された。

ふぅ。とりあえず人間を傷つけることなく追い払うことができたぞ。流石《さすが》に手にかけるってのは抵抗あるからな。

俺は魔族の子供を抱えながら屋根から飛び下りると、誰もいなくなった村へと着地した。

なんか微妙な表情を浮かべながらセリスが近づいて来ているけど、とりあえず無視。今はこの子をどうするかだな。

「〝包み込む癒しの光《ヒールオール》〟」

俺は腕の中でぐったりとしている魔族の子供に回復属性の中級魔法《ダブル》をかけてやる。思った通り、結構手ひどくやられてたみたいだけど、人間より丈夫だから中級魔法《ダブル》で全然事足りたな。

腕の中でもぞもぞと動き出したので、俺はとりあえず地面に降ろした。魔族の子はこちらに目を向けると、虚《うつ》ろな瞳で頭を下げてくる。

「……助けてくれてありがとう」

かなりボロボロの格好をしているが、どうやら女の子らしい。茶色い髪は泥だらけで、少し傷んでいるようだった。うーん……人間で言ったら十歳くらいかな？　魔族の歳《とし》のとり方ってわかんね。

「大丈夫か？」

俺が声をかけると少女は力なく頷いた。村のみんなが殺されて自分も殺されかけたんだ、大丈夫なわけないだろうに。小さいのに意地はりやがって。

さて、どうすっかなぁ……助けるも助けないも俺の自由って言われたし……。まじで面倒くさい。魔王様ならはっきり命令を下せっての。

つーか、こいつから全く生気が感じられないんですけど。生きることを完全に諦めたって目をしてやがんな。それならほっとけばいいんじゃね？　これ以上は俺のあずかり知らぬところじゃね？

……とまぁ、そんな風に考えられたら楽に生きられるんだろうなぁ。

魔族とはいえ、親を失った小さい子供を無視して帰るほど割り切れねぇし、かと言って助ける義理もないっちゃない。

多分、なんにもせずに黙ってフェルの所へと連れて行くのが一番いいんだろうけど、無理なんだよな。

だって、死んでもいいって思っていることが心の底から気に入らねぇから。

俺はキョロキョロと周囲を見回し、人間が落としていったであろう鉄の剣を拾い上げた。

そして迷わずその切っ先を魔族の少女に向ける。

「ちょ、ちょっと!!」

「お前は黙ってろ」

俺は真剣な表情でセリスを睨《にら》みつける。俺だってこんなことしたくねぇけどさ。でも、確認しなきゃならねぇんだ。

少女は特に驚いた様子もなく、自分に向けられた剣を他人事《ひとごと》のように見つめていた。

「名前は？」

「…………アルカ」

俺の問いかけに小さな声で答える。俺は極力感情を表に出さないような声色でアルカに話しかけた。

「知っての通りアルカの村は人間の手によって滅ぼされた。……つまり、お前は家族も居場所もすべて失ったってことだ」

「…………うん」

俺が現実を突きつけてもアルカは静かに頷くだけ。横から何か言おうとしたセリスを俺は視線だけで黙らせる。

「なら、アルカに選択させてやるよ。今この場で俺に殺されるか、それとも泥水をすすってでも生き残るのか」

「…………」

「死ねば楽になれる。嫌な記憶もなにもかも忘れることができるんだ。そして、アルカの人生はそこでおしまい。だが、生きることを選べば……それは過酷な道となる。頼れる人もいない、守ってくれる人もいない。自分一人で生きていかなければならないことになる。……アルカにその覚悟はあるのか？」

そうだ。両親を失うってことはそういうことなんだ。無条件で愛情を注いでくれる人を失った今、アルカは絶望の淵《ふち》に立たされているだろ。……かつての俺と同じように。

だから、俺はアルカに選択させる。俺のエゴで生かしたところで、必ずほころびが生まれちまう。生きるとしても、死ぬとしても、自分の頭で考えて答えを出さなきゃ、結局生き残ったとしても死んでるのと同じことだ。

俺はアルカの目を見つめる。アルカも俺の目を見つめる。永遠とも思える沈黙を破るようにアルカはそっと口を開いた。

「……アルカは死にたい」

それはか細いけどしっかりとした口調だった。

「このまま独りで生きていくなんて、アルカには耐えられない。それならいっそ……この場で死にたい」

それは嘘《うそ》偽りのないアルカの言葉なんだろう。俺はアルカの目をしっかりと見つめたま、静かに頷いた。

「ま、待ってください！　その子はまだ子供で――」

「この子が決めた道に、お前が口出す権利があるのか？」

俺が鋭い視線を向けると、セリスは何かを耐え忍ぶような表情を浮かべ、俺から目をそらした。俺はもう一度アルカに向き直り、持っていた剣をアルカの首元に近づける。

「安心しろ。苦しまないようにしてやるからな」

俺が優しく言うと、アルカは微《かす》かに笑いながら頷き、目を瞑《つぶ》った。なんだ、笑えるじゃねぇか。てっきり感情なんて、とうになくなったのかと思ってたぜ。

俺はアルカの首に剣を押し当てる。今、アルカは自分の命を奪い取る冷たさを首筋で感じているんだろう。だからだろうか？　それまで微動だにしなかったアルカの身体が小刻みに震えだした。

……バカ野郎が。

「なんで震えてんだ？」

「えっ……？」

俺の言葉に驚いたアルカが大きな目をぱっちりと開き、自分の身体を見つめた。小さかった震えの波は、もう自分の力ではどうしようもないくらいに巨大なものとなって、アルカの身体を襲っている。

「どう……して……？」

自分でもなぜこんなにも震えているのかわかっていない様子。自分の手を見ながら困惑しているアルカに、俺は内心ため息を吐《つ》いた。

死にたいってのは本当なんだろうな。でも、それは本心じゃない。本心はこの苦しみから解放されたいってことだ。だけど、そのやり方がわからない、わからないから手っ取り早い方法で死を選んだだけの話なんだよ。

わかっちまうんだ、俺もそうだったから。

「死ぬことを選んだのはアルカだろ？」

俺が静かに告げると、アルカは困惑しながらも首を縦に振った。

「そう……アルカが選んだ……」

「なのになんで震えてるんだ？」

アルカは俺の問いに答えられない。もう自分の本心に気がついてるくせに、まだ意地を張り続けるか。なかなかに頑固者だな、アルカは。

「死ねば楽になれるって言っただろ？　それは本当のことだぞ。死ねばすべてを終わらせることができる。……いや、すべてが終わっちまうって言った方が正しいかな？」

「っ!?」

それまで死んだ魚のようだったアルカの目が、初めて左右に泳いだ。俺はその瞬間を見逃さない。

「よかったなぁ、苦しいんだろ？　全部全部終わらせて、早く解放されようぜ？　死んじまえば、これから起こる辛《つら》いことや苦しいこと、楽しいことや嬉《うれ》しいこともなくなって楽になれるさ。アルカが選んだんだ、全部終わりにしよう」

「………」

「剣で斬られるのは痛いだろうなぁ……だけど、安心しな。俺にいたぶる趣味はねぇから。

あー、でも魔族の身体《からだ》っていうのは存外丈夫だから、苦しむことになっちまっても勘弁な」

「…………」

「これでも誰かを殺すっていうのは、結構苦痛なんだぜ？　そいつの持っている無限の可能性を摘み取っちまうんだからな。でもまっ、頼まれちまったなら断れねぇしよ。心優しい俺に感謝しな」

「……だ…………ない……」

アルカが顔を俯《うつむ》かせながらぼそりぼそりと何かを呟いた。その言葉は俺の耳には届いていたが、あえて聞こえないふりをする。

「あーん？　なんだ？」

俺は剣を首筋に押し当てたままアルカに聞き返した。俯いたアルカの顔から雫《しずく》が地面に落ちているような気がするが、俺はそんなの気がつかないし、見てもいない。

「……だ……たくない……」

絞り出すような声。そんなんじゃ足りない。聞こえない。聞く気もない。

「さぁ、俺も暇じゃないから、そろそろアルカにはこの世とおさらばしてもらおうかな」

「いや……だ……死に……たくない……」

少し後ろにいるセリスの耳には聞こえたのだろう。セリスがハッと息を呑《の》む気配がする。

だが、そんなの無視だ、無視。俺にはそんな声じゃ届かねぇからな。

「さっきから何をぶつぶつ言ってんだ？　全然聞こえないんだけど？」

「いやだ……死にたくない……」

「ぼそぼそ言ってちゃわかんねぇな！　死にてぇんだろ？　今殺してやるよ！」

「……いやだっ……！　死にたくない……！」

「まだだっ!!　まだ足りねぇぞっ!!」

「嫌だっ!!　死にたくないっ!!」

張り上げた俺の声にも負けないほどの大声でアルカは喚《わめ》き散らした。勢いよく上げた顔からは涙も鼻水も大量に流れていて、それでもしっかりと俺の顔を見据える。

「アルカは死にたくないっ!!　生きたいっ!!　もっと生きていたいっ!!!」

抑えられない感情が、その小さい身体から溢《あふ》れ出す。

「こんなところで終わるなんて嫌だっ!!　でも、誰にも守ってもらわずに一人で生きていくなんてできないっ!!　でも死ぬのは嫌だっ!!　アルカは……アルカは……!!　……もうどうしたらいいかわかんないの……!!」

これこそが魂の叫び。やーっと本音が出たか、この強情っぱりめ。

「だったら」

俺が身体を動かすとアルカはビクッと身体を震わし、目を固く閉じた。俺は苦笑いを浮かべながら、持ってた剣を後ろに投げ捨て、アルカの身体を力強く抱き寄せる。

「俺がアルカの事を守ってやるよ」

「…………えっ？」

「……っ!?」

ゆっくりとアルカが目を開く。その瞳に浮かぶのは困惑の色。

「怖かったな、辛かったな。……もう大丈夫だ、なんて無責任なことは言わねぇよ」

アルカの瞳が激しく揺れる。俺はアルカを抱きしめる腕に更に力をこめた。

「ひどいこと言って悪かったな。嫌われちまったかな？」

「アルカは……アルカはっ…………!!」

アルカは必死に何かを伝えようとするが言葉が出てこない。俺は抱きしめながらアルカの頭を優しく撫《な》でた。

「こんな得体の知れないやつに助けられても困っちまうよな。だけど、俺は親をなくした子供のことは放っておけない性質《たち》なんだ。悪いな」

俺はゆっくりとアルカに向き直る。その目に浮かぶ不安を消し去るように優しく笑いかけた。

「アルカの未来は俺がちゃんと見届けてやるから心配すんな」

「っ⁉　……うわぁぁぁぁああああぁぁぁああぁぁぁあああぁん‼」

堰《せき》を切ったように泣き声を上げる。その小さな手を懸命に俺の身体に回し、必死にしがみつきながら俺のコートを濡《ぬ》らしていった。俺は愛《め》でるようにアルカの背中をさすってやる。アルカは嗚咽《おえつ》を漏らしながら、いつまでもいつまでも俺の腕の中で泣き続けた。

「ふぅ……ようやっと泣き止《なや》んだと思ったら寝ちまいやがった」

腕の中で寝息を立てるアルカを起こさないよう優しく抱き上げると、俺はセリスの方に顔を向けた。と、思ったらなぜかセリスは俺に背を向けている。なにしてんだこいつ？

「おい」

「えっ、あっはい。なんですか？」

慌てて振り返ったセリスの顔を見て、俺は目を丸くした。

「えっ……お前何泣いてんの？」

「な、泣いてません！」

いや目真っ赤ですやん。目の色ダークブルーなのに周り真っ赤とかホラーですやん。俺が呆《あき》れたように笑うと、セリスはムッとした表情を浮かべる。

「なんですか⁉　なんか文句ありますか⁉」

「いや……セリスのそういう顔、初めて見たなって」

「なっ……‼」

顔を真っ赤にするセリスを見ながらニヤニヤと笑う俺。いやいや、こいつが秘書になったときにはどうなることかと思ったけど、意外といじりがいがありそうだな。堅物だけど。

セリスは頬《ほお》を膨らませながら、不機嫌そうな顔でプイっとそっぽを向いた。照れ方が若干古臭いぞ、セリス。

「さて、と。フェル……とと、魔王様に言われた仕事も終わったし、さっさと戻ろうぜ」

「あっ……一つ聞いてもいいですか？」

「ん？　なに？」

なんだよ、改まって。俺は早く戻って天井に張った蜘蛛《くも》の巣を撤去しなきゃならねぇんだ。朝はセリスのせいで完全に頭からとんじまったからな。気になって昼と夜しか眠れねぇ。

つーか何もじもじしてんだよ。そんなに聞きづらいことを聞こうとしてんのか？　俺はロリコンじゃねぇぞ？

「……なんで見ず知らずの魔族の子供にここまで？」

へっ？　そんなこと？　身構えて損したわ。

「お前が言ったんだろ？　この子はまだ子供だって」

「そうなんですが……この子は魔族、あなたは人間ですよ？　助ける義理があるとは思えませんが」

ははーん……そういうことか。根本的に俺とセリスの考え方がずれてるってことだな。

「魔族とか人間とか関係ねぇよ。親を失った奴《やつ》がいるなら周りが助けてやる。それだけだ」

少なくとも俺は村でそう教わったし、実際にそうされてきた。自分がしてもらったことを俺はやっただけだ。そうやって世界はまわっていくんだよ。あれ？　今俺カッコいいこと言った？

セリスは少しの間俺の顔を見つめていたが、身体の力を抜くようにフッと小さく微笑《ほほえ》んだ。

「魔族も人間も関係ない、ですか……変わっていますね、クロ様は」

「うるせぇよ。別に変わっちゃ……ん？」

あれ？　今こいつクロ様って言った？

「なにしてるんですか？　早く戻りますよ。その子の事をルシフェル様に相談するんでしょう？」

「あ、あぁ。そうだな」

そうだった。流れに身を任せて俺が守る、とか言っちゃったけど、俺って魔王軍の指揮官なんだよね。アルカの面倒なんか見られるわけもねぇわな。

まぁ、アルカを育ててくれる人を探して俺がバックアップしてやればいいだけの話か。

里親探しは我らが魔王様に全て委ねることにしよう。

俺はアルカを抱きながらセリスの肩に掴《つか》まり、魔王城へと帰っていった。

「なるほろねぇ……ほんなことはったんは（なるほどねぇ……そんなことあったんだ）」

「……」

もぐもぐとケーキを食べながらフェルがアルカを見つめる。とりあえずケーキ食うのを止《や》めろ。

フェルの部屋に来る前に目を覚ましたアルカは、緊張した面持ちで俺の隣に立っている。

その手はしっかりと俺のコートを握っていた。

フェルは紅茶で口の中のケーキを流し込むと、アルカに笑顔を向ける。

「大変だったねぇ、アルカ。でも、大丈夫。僕は魔王様だからアルカのことを大切に育ててくれる人を探してあげるよ？」

おぉ！　流石《さすが》は魔王！　俺が頼むまでもなかったな！　これでアルカも一人寂しく生きていくことはないだろう。

だが、アルカは表情を曇らせ、首を左右に振った。

「ん？　アルカは新しいお父さんとお母さんを望んでいないのかな？」

アルカは再び首を振って否定する。どうしたアルカ？　目の前の男が胡散臭《うさんくさ》くて信用できないのか。それはわかる。非常にわかるが、そこは腐っても魔王。いや、腐ってる魔王が力になってくれるぞ？

「クロ……今失礼なこと考えてたでしょ？」

ジト目を向けてくるフェルから何食わぬ顔で目をそらす。この短期間にお前がやった所業を考えれば当然の事だ。

そんなことを考えていると、アルカがゆっくりと俺のことを見上げた。

「……アルカはこの人と一緒がいいの」

か細い声だが、しっかりとした口調でアルカが告げる。それを聞いたフェルは一瞬意外そうな表情を浮かべたが、すぐに笑顔になりアルカに優しく問いかけた。

「アルカ……クロはアルカの村を襲った人達と同じ人間だけどいいのかい？」

アルカは激しく首を左右に振ると、フェルの顔をまっすぐに見つめる。

「……人間だけどそんなの関係ない。魔族とか人間とか関係ないって言ってたから」

あぁ、それは言ったねぇ。っていうかアルカ起きてたんだ。狸《たぬき》寝入りを決めこんでいたとは、なかなかに骨のある子じゃねぇか。

「アルカはこの人と一緒にいたいの……!!」

アルカが必死に俺の足にしがみついてくる。えっ、なにこの子、めちゃくちゃ可愛《かわい》いんですけど？　死ぬほど撫でまわしたいんですけど？

だがアルカよ、俺は一応魔王軍の指揮官なのだ。この多忙な身に子供を持つことなど魔王が許しはしない。

「だったら、クロと一緒に暮らすといいよ」

即答かよ。まぁ、初めからわかってたけどさ。でも、これだけは言っておかにゃならん。

「アルカ」

俺は膝を曲げ、アルカの視線まで目線を下げる。

「俺は魔王軍の指揮官だ。だから家を空けることもしょっちゅうあるかもしれない。それでもアルカは寂しくないか？」

「一緒にいられるなら何でも耐えられる！　離れる方が寂しいの……」

やだ、なにこの子？　子供ってこんなに可愛い生き物だっけ？　俺は思わず目の前にいるマイエンジェルを抱きしめた。

「よし！　これで今回の仕事は一件落着かな？　めでたしめでたしで良かったじゃないか」

……なんか、フェルの手のひらで踊らされている感が否めない。もしかしてアルカを利用して俺を魔族色に染め上げようって魂胆じゃねぇだろうな？　……まぁ今回はこんな可愛い娘ができたんだ、これで良しとしよう。

「じゃあ今からは自由時間ってことでいいか……いいですか？」

「ん、いいよ！　一緒に住むならアルカの物が必要だよね。セリスに頼んでアルカに必要なものを買って来させるよ」

ほうほう。それは嬉《うれ》しい提案だ。魔族な上に女の子だなんて、何が必要なのか俺には皆目見当がつかないもんな。セリスが買って来てくれるなら間違いないだろう。

俺が目を向けるとセリスは笑顔で頷《うなず》いた。

「任せてください。秘書として職務を全うします」

あ、あれ？　なんか最初と反応違くない？

「お、おう、助かるわ」

若干戸惑いながらも、俺は頷いて答えた。ま、まぁ、セリスもこう言ってくれてることだし、今回は魔王の言葉に甘えるとしよう。

セリスは俺と同じように腰を落として目線を合わせると、優しげな笑みをアルカに向けた。

「私がアルカに必要なものを買ってきてあげますからね。アルカはクロ様と一緒にお家のお掃除をしていてください」

「うん、わかったの」

小さいながらもしっかりと頷くアルカ。おーおー癒《いや》しだな。アルカの身体《からだ》からはマイナスイオンがでまくりんぐ。俺もセリスも顔が緩みっぱなしだぞ。

でも、うちの娘は癒すだけが取り柄じゃないんです。ちゃんと爆弾を投下することもできるようです。

「早く帰ってきてね……えーっと、新しいママ？」

その一言で俺とセリスの笑顔が凍り付く。楽しそうに笑っているのはまた俺をからかえるネタを手に入れてすこぶる上機嫌そうな魔王だけ。

そんな俺の心に浮かんだ言葉は一つ……どうしてこうなった。


翌日、俺とセリス、そしてアルカの三人は再び村に戻ってきていた。

目的は二つ。

一つは生き残りを探すこと。……だが、これは正直絶望的だろう。人間達が恐怖の対象である魔族を取りこぼすとは思えない、俺が人間だからよくわかる。

だから、二つ目の目的が本命だった。

それは犠牲になった魔族達の墓を作ってやるというもの。

その話を昨日した時、セリスは驚いていたが、フェルは笑顔で快諾してくれた。本当ならアルカを連れてくるつもりはなかったのだが、本人が強く希望したので仕方なく一緒に連れてきた。

自分と苦楽を共にしていた仲間達の成れの果てを見るのは辛《つら》いことだというのに。本当に強い子だ。

俺達は一通り村の中を歩き回る。予想通り、村で息をしている者は誰一人としていなかった。

魔族の死体は村の中心に集め、一気に埋めてしまおう、という事になったので俺とセリスは手分けして死体を運んでいく。

そして、ある家まで来た時、俺についてきていたアルカの足がピタッと止まった。

「パパ……ママ……」

その言葉だけで全てを理解する。俺は二人仲良く寄り添うようにして生き絶えている夫婦に目を向けた。

刀で首元を斬られているな。首から血を流している以外、外傷がないのが不幸中の幸いか……そんなわけねぇよな。

俺は二人に手を合わせ、丁寧に担ぎあげるとアルカの方に声をかける。

「大丈夫か？」

「……うん」

アルカは俯《うつむ》きながら、俺の服をギュッと握りしめた。俺はあえて何も言わずに二人を運んでいく。

村人の死体を集めたところで、俺は地属性魔法を唱え適当な大きさの穴を掘った。そして、その中に犠牲となった魔族達を葬っていく。

魔族の死体を穴に入れ、上から土をかぶせた。アルカがどうしても、と言うので木で作った十字架をアルカの手で立てさせる。

出来上がった簡素な墓に三人で手を合わせた。目を瞑《つぶ》って黙禱《もくとう》を捧《ささ》げていると、隣から囁《ささや》くような声が聞こえる。

「パパ……ママ……アルカはこれから頑張って生きていきます。だから、アルカの事をお空で見守っていてください」

少しだけ震えているけど、芯のある声。それを聞いた俺は心の中で誓いを立てる。

アルカは責任を持って俺が育て上げます。おこがましいとは思いますが、安心してお眠りください。

話したこともない、顔を見たのも今日が初めての相手に、俺は一方的に宣誓した。

そんなこんなで嫁もいないのに娘ができました。ハックルベルのみんな、俺は父親になります。俺が村のみんなから受けた愛情をそのままアルカに注ぎ込むから、俺達のことを温かく見守っていてください。

第４章　俺が改革を起こすまで

魔王軍に入ってから一週間目の朝。

俺が自分の部屋で寝ていると、遠慮がちに部屋の扉が開けられた。そこから覗《のぞ》き込《こ》んでくるのは茶色い髪をした少女。

「え、えっと……朝なの」

少し照れたようにはにかむその顔を見るだけで俺のニヤニヤが止まらない。

「おはよう、アルカ」

「お、おはよう！」

俺がベッドまでトコトコと歩いてきたアルカの頭を撫《な》でてあげると、アルカは気持ちよさそうに俺に身体を寄せてきた。やばい、マジで可愛くて心臓止まる。

セリスが買ってきたシャンプーとリンスがすさまじい効能の物で、少し傷んでいたアルカの茶髪は、今や絹のように滑らかになっていた。

「よし、顔洗いに行こうか」

「は、はい！」

まだ俺に慣れていないのはわかる。これぱっかりは時間が解決してくれることを信じるしかない。

洗面所に移動した俺達は仲良く並んで歯を磨く。寝起きの口の中って一番汚いらしいからな。口臭をまき散らしてアルカに嫌われるわけにはいかん。

一通り朝の身支度が終わったところで、小屋の扉が開く。その音を聞くと、いつもアルカは嬉しそうに玄関へと駆けていった。今日も顔を洗い終わったタイミングでその音が聞こえ、アルカが笑顔で走っていく。

「お、おはよう!!」

「おはようございます、アルカ。ちゃんと顔洗って、歯を磨きましたか？」

「うん！」

セリスが微笑《ほほえ》みながら、アルカの頭を優しく撫でる。こいつ……いつも俺に「アルカにデレデレしすぎです」って注意してるくせに、人のこと言えないじゃねぇか。今のセリスの顔は火で炙《あぶ》ったチーズばりにとろけてんぞ。

あーちなみに、あれ以来アルカはセリスのことをママとは呼んでない。俺のこともパパって呼ばない。そら、両親を失って間もないんだ、仕方のないことだろ。でも、いつかは自然とパパって呼んでもらえるようになりたいな。

俺とアルカは席に着くと、セリスの持ってきた朝食を食べる。なぜだか最近はセリスは自分の分も持ってくるので、三人一緒に朝食をとっていた。俺と天使の二人っきりの時間を邪魔しやがって……だが悲しいかな。アルカはセリスが一緒にいるときの方が嬉《うれ》しそうなのだ。

「そういえば、ルシフェル様がクロ様のことを気にしていましたよ」

「フェルが？」

俺がフェルと呼んでもセリスは特に驚いた様子はない。アルカのママ発言騒動の時に俺達のことをからかったフェルに対してつい素に戻って以来、セリスの前では別にいっかという俺の中での自己完結が行われた。

最初のうちは顔を顰《しか》めていたセリスも、フェルが別段気にしていないことがわかると、それも徐々になくなっていき、今では普通に聞き流している。

セリスはスプーンを置くと、真面目な顔を向けてきた。

「今日の午後には顔を出した方がいいと思います。少し早いですが、アルカもここの生活にだいぶ慣れてきましたし」

うーん……まぁ確かに。

アルカを引き取ると決まってから、フェルは俺に一週間の休養を命じた。特に理由は告げなかったが、この魔王城という特殊な環境にアルカを慣れさせる、という目的がはっきりしていたため、俺はありがたくその命令を受け入れた。

俺も魔王城についてはよくわからないので、この機にセリスに案内されながら三人で魔王城の中を歩き回ったりした。城の中にはお手伝いさんの魔族もおり、その人達がアルカのことを可愛《かわい》がってくれるため、アルカは割と早くにこの場に溶け込むことができた。

今では気兼ねなく一人で魔王城の中に行かせることができ、やっと安心して指揮官としての仕事に出かけられる。……あの笑顔と離れる事になるのは少々寂しいが、働かなければアルカを養っていくことはできない。

「そうだな……じゃあ、お昼ご飯を食べたらフェルの所に行くか。アルカ、一人でお留守番できるか？」

「……大丈夫。ちゃんといい子で待ってるの」

ほっぺたに食べかすをつけながら、アルカが無理やりニコッと笑う。本音では心細いんだろうけど、俺に迷惑かけないようにって思ってるんだな。本当にアルカはいい子だ。

朝食の後は決まって中庭に出て魔法陣の訓練をしていた。なんといってもこの時代、自衛の手段は持っておくに限る！　一歩外に出たらみんな敵だと思え！

魔法陣の「ま」の字も知らなかったアルカだったが、流石《さすが》は魔法陣に長《た》けているというメフィストの血が流れているだけあって、覚えは早かった。

通常であれば魔法陣の仕組みについて理解するのに一年、そして基本属性の簡単な魔法陣をマスターするのにもう一年かかるのだが、アルカは三日で魔法陣の仕組みを理解し、火属性と水属性の初級《シングル》魔法魔法陣であれば、ほとんど完璧に組成することができるようになっていた。うーん、うちの子は天才かもしれない。

今日は基本属性の一つ、風属性の魔法陣を教えてみる。魔法陣の描き方を教えると、アルカは一人黙々と練習し始めた。

こうなってしまうと俺は暇になる。仕方がないからデッキに移動し、なぜかそこにある椅子に座っているセリスの隣に腰を下ろした。

「……つーか、なんでお前がいるんだよ」

「私にはアルカの成長を見守る義務があります」

どんな義務だよ。そもそもお前にはアルカを見る権利すらない。

「仕事はどうした、仕事は」

「私の仕事はクロ様の秘書です。あなたが仕事をさぼっているから、私の仕事もないというものです」

相変わらず、つんけんしやがって可愛くねぇ。でも、アルカの一件から剣山のような刺々《とげとげ》しさはなくなり、大分丸くなったように思える。

「さっさとアルカのために働いてください。お金が無くなってあなたが生活できなくなるのは勝手ですが、アルカを巻き込まないでください」

訂正、めちゃめちゃ棘《とげ》あるわ。このいがぐり女が。

「……だから恋人できないんだよ」

ぼそりと小さい声で呟《つぶや》いたはずなのに、なぜか金髪悪魔の耳には届いてしまったようだ。セリスは、その美しい顔にぴったりな太陽のように眩《まぶ》しい笑顔を俺に向ける。……眩しすぎて殺意すら感じるわ。

「聞き間違いでしょうか？　恋人がどうたらとか聞こえたんですが？」

「さぁ……知らねぇな。恋人が欲しすぎて幻聴でも聞こえたんじゃねぇの？　あぁ、でもその性格を直さねぇと恋人なんてとてもとても……」

「あら、あなたには言われたくないですね」

セリスが笑顔のまま額に青筋を立てる。器用な真似《まね》すんなー本当。

「俺は魔族領に来てから、まだ一週間しかたってないからな。それに城に缶詰めみたいなもんだし。余裕ができて魔族の街に行ったら、恋人なんて三秒でできるわ」

「そう言っている人ほど、恋人なんてできないんですよね。でも、いいんじゃないですか？　人間のあなたは魔族の街でも大人気ですよ。せいぜい、人間に恨みを持つ者に殺されないよう、背後には気を付けてください」

「ご忠告感謝するぜ。そういえば、どっかの誰かさんは生まれた時から魔族領にいらっしゃるのに、恋人ができたことがないという噂《うわさ》が……やはり人間も魔族も内面を重視するんだな」

「……どうやら魔族の恐ろしさというのを、その身に教えて差し上げなければならないみたいですね」

「こっちこそ人間の底力を見せつけてやんなきゃならねぇみたいだな」

俺とセリスの間にバチバチと火花が散る。今日はもう勘弁ならねぇ。こうなりゃ魔族と人間の戦争だ！

「で、できた！　風属性の魔法陣が描けるようになったの!!」

「すごいじゃないか！」

「流石はアルカですね！」

さっきまでいがみ合っていた俺達の表情が一瞬で笑顔に変わる。やっぱりうちの子は天使や。


「あっ、クロ。休暇はもういいのかい？」

「あぁ。この城の人達のおかげだ。ここにいる限りはアルカは安全だからな」

ここで働く女中の人はみんなアルカに優しい。最初は俺に懐疑的な目を向ける人達ばかりであったが、アルカと一緒にいるところをちょくちょく見られているうちに、いつの間にか俺への風当たりも大分弱まっていた。アルカに感謝しなくちゃいけねぇな。

「アルカのためにも、そろそろ働かなきゃいけないと思ってさ」

「うんうん、労働はいいことだ」

フェルが腕を組みながら満足そうに頷《うなず》いた。いやお前も働けよ。アルカから聞いてるけど、魔王城に行くと九割方フェルが遊び相手になってくれているらしい。どんだけ暇なんだよ、魔王様。

「さて……じゃあそろそろ本格的に指揮官の仕事をやってもらおうかな」

フェルは空間魔法から大きな紙を取り出し、部屋にあるテーブルの上に広げた。

これは、地図か？　ここまで詳しい地図は初めて見たな。学校の教科書に載っていた地図もこんなに精密なものじゃなかったぞ。

「この地図を見ればわかる通り、ここが僕達の領土だね」

フェルが地図の上側を指でなぞる。その面積は驚くほど狭かった。魔族領ってこんなものしかないのか？　人間の領土の四分の一にも満たないぞ。なんか、魔族が人間に追い立てられたようにしか見えねぇ。

「クロ？　聞いてる？」

「ん？　あぁ、わりぃ。続けてくれ」

いかんいかん。あまりに衝撃的な事実で一瞬茫然《ぼうぜん》としてしまった。フェルは一瞬不思議そうな顔をしたが、すぐに地図に目を落とした。

「それでこの魔族領には魔王城を囲むように七つの街が存在するんだ」

「七つの街……ってことは？」

確か魔族の幹部達も七人いたはず。ということはつまり幹部一人一人がその街の長って考えるのが普通の流れだな。

「お察しの通りだよ。それでここからが君の仕事」

フェルが地図から目を離し、俺の方に顔を向ける。

「六つの街に赴き、街の状況を知り、幹部達と仲良くすること」

幹部達と仲良く、か。まぁ、指揮官って立場上、それぞれの幹部達と関わる時間は多くなる。確かに仲良くなっておかないと、色々仕事に支障をきたしかねないからな。

でも、ちょっと待てよ？　今フェルは六つの街って言わなかったか？

「六つってことは一つ行かない街があんだな。その幹部とは仲良くならなくていいのかよ？」

「えっ、だってもう君達十分仲いいじゃん」

「なっ……!!」

声を上げたのは俺ではなく、この部屋に来てから一言もしゃべっていないセリスだった。

あっ、そっか。こいつも魔族の幹部だから、こいつが治める街もあんのか。

「ルシフェル様、誤解です！　私達は仲良くなどありません!!」

「そうなの？　時々中庭でアルカと三人、仲睦《むつ》まじく話しているから、てっきりもう夫婦にでもなったのかと」

「……ルシフェル様？　その言葉、どうか訂正していただけないでしょうか？」

「あっはい、すいません」

今のセリスの顔やべぇぇぇ!!　めちゃくちゃ笑顔なのに威圧感が半端ねぇぇぇ!!　あの魔王が即座に謝っちゃったよ！　つーか、俺もあの顔されたら即土下座する自信あるわっ!!

「と、とにかくそういうことだから！　どこから行ってもいいよ！　大体の街にはセリスが行ったことあるから転移魔法で飛べるはず！　じゃ、じゃあ、僕は用事があるからこれで！」

逃げるように部屋からいなくなるフェル。哀れ魔王、元秘書に迫力負けする。つーか用事ってアルカと遊ぶ約束だろ？　さっき昼飯を食べてる時、アルカが楽しそうに「この後ルシフェル様が遊んでくれるって言ってたの！」って言ってたわ。マジで働けって。

「さて、バカもいなくなったし、さっさと仕事に行きますか」

「バカって……でも、最近はそれが否定できないのが少し悲しいです」

セリスが困ったようにため息を吐《つ》く。なんか知らんがフェルの株が暴落し始めてんぞ。いい気味だ。

「それより行く場所はもう決まってるんですか？」

「あぁ。幹部達には遅かれ早かれ、会いに行かなきゃいけないと思ってたからな。行くならこいつからって決めていた」

俺は地図上のある街を指さした。それを見たセリスが目を丸くしている。

なんだなんだ？　俺がこの街を選ぶのが意外ってか？　はっはっはー、まだまだ秘書として脇が甘いな！　俺がここを選ぶことくらい予想できていなければ、俺の秘書は務まらんぞ!!

「行くぞ。鉄の街《アイアンブラッド》へ」


セリスの転移魔法により、やって来たアイアンブラッド。

ここはデュラハンのボーウィッドが治める街。魔族が使う武器作成を一手に担っていることだけあって、街というよりも工業地域のようであった。どの建物も大きく長い煙突がついており、そこからモクモクと灰色の煙を立ち昇らせている。

人間の世界にいた時はこんな街見たことなかったな。ってか村と王都にしか行ったことがないから、その二つのイメージしかない。

王都は貴族達が住んでるから、バカでかい家がたくさんある小奇麗な街だったし、ハックルベルの村はただの農村だったからな。

いやでもすげぇな。なにがすごいって武器工場もそうなんだが、街の景色がだよ。歩いているのがほぼ全てフルプレートの鎧《よろい》なんだ。いやまぁ、デュラハンの街だから当たり前なんだけど、なかなかこの光景は壮観だぜ。

「なんか楽しそうですね……」

隣にいるセリスが呆《あき》れた表情を俺に向ける。

はぁ……これだから女子は……。フルプレートは男の子の憧れなんやで？　特に漆黒の鎧に身を包み、敵か味方かわからないとか最高やん。それで主人公の窮地に駆けつけて自分の命を賭して強敵を撃破する。主人公が感謝しながらフルプレートの仮面をとると、そこには生き別れた兄の顔が……。くー！　泣けるぜ!!

「どうでもいいですけど、さっさとボーウィッドの所に参りましょう」

俺が楽しそうに街の景色を見ていたら、セリスがどんどん先に行っちまいやがった。くっ……流石《さすが》に土地勘がない俺が一人でいるのは厳しいものがある。仕方ない、今はセリスの後に大人しくついていくか。

二人で街を歩いていき、辿《たど》り着《つ》いたのは完全に真四角な建物。セリス曰《いわ》く、ここはボーウィッドの自宅兼武器工場らしい。まさか自宅にラボを作るとは……ボーウィッド、わかってるなお前。絶対家の中に秘密の出口あるだろ！　確実に市場に出せないような武器を作ってる裏施設あるだろ！

　セリスが壁にあるボタンを押す。少しすると完全に壁だと思っていた場所に縦線が入り、ゆっくりと左右に開いた。

「すげぇ！　秘密基地っぽい！」

　あっ、やば。テンション上がりすぎてつい声に出してもうた。おそるおそる俺が横に目をやると、残念な人を見るような目でセリスがこちらを見ていた。そして、長いため息を吐き、何も言わずに建物内に入っていく。……これまでで一番心に来るものがあったわ。

　薄暗い建物の中を進んでいく。ここには見たことがない魔道具ばかりが置かれていた。人間の魔道具がどのレベルに達しているのかは知らないけど、明らかに魔族達の魔道具のレベルは高い。

　確か魔道具を担っているのはあの厨二《ちゅうに》病患者だったな。やはり脳みそがお花畑な分、作るものは独創性豊かなものになるんだな。つーかあいつの所にも行かなきゃいけないのか……なんか気が重いぜ。

　しばらく歩いていくと、事務所らしき部屋が見えてきた。セリスがノックをすると、間を置かず扉が開かれる。そこには会議の時以来になる、白銀のフルプレートの姿があった。

「魔王軍指揮官クロが魔王の命によりこの街の視察にきた」

「道案内兼秘書のセリスです。突然お邪魔して申し訳ありません」

俺達が名乗るとボーウィッドは静かに頷き、部屋の中へと招き入れる。

ガチャンガチャンガチャン。

ボーウィッドが歩くたび鉄が擦《こす》れ合う音がする。うーん、やっぱりフルプレートはカッコいいな……移動音まで渋すぎる。

つーかなんだこの部屋？　真ん中にソファとテーブルがある以外、武器だらけじゃねぇか。長刀、短刀、斧《おの》に槍《やり》に弓。鎖鎌みたいなのもあんのか。学校にいるときも、暇なときは武器屋に行って武器を眺めて楽しんでいた俺にとっては天国みたいな所やんけ。

「…………」

とりあえず向かい合って座ったものの、ボーウィッドは一言もしゃべらない。あっ、確かボーウィッドはコミュ障なんだっけか。そりゃ、他人が自分のテリトリーにやって来たら緊張するわな。わかるぞ、その気持ち。

「えーっと……私達がここに来たのはこの街が今どういった状況なのか、何か問題とかはないか調査しに来たのですが……」

沈黙に耐えきれずセリスが口を開いた。だが、ボーウィッドは全くしゃべる気配がない。

セリスは困ったような顔で小さくため息を吐き、俺の耳に顔を寄せた。

「あの……クロ様。なぜ最初にここを選んだのですか？」

「ん？　なんとなくだけど？」

「私、ボーウィッドは少し苦手で……話したことがないんです。というか声を聞いたこともありません」

なるほど……コミュ障に異性と話すなんてハードルの高いことできるはずがない。そもそも話題の振り方が間違っているな。コミュ障は異常に揚げ足を取られることを恐れている。まずは相手のフィールドに合わせて会話を振るのだ。

「セリス……よく見とけ？　俺がボーウィッドとの会話の手本を見せてやる」

「え？」

俺は小声でセリスに宣言すると、身を乗り出してボーウィッドに向き直った。しばらく見つめ合い、つーか目がどこかわからないからとりあえずヘルムを見つめ、ゆっくりと話しかける。

「ボーウィッド……なんかテンション上がる仕掛けとかこの部屋にないのか？」

隣で盛大にセリスがずっこけている。バカめ！　これが正解なのだ！

「ちょっとクロ様！　なんですか、その意味不明な質問は!?　そんなのに答えるわけ――」

「……ここに……レバーが…………隠し通路に……つながってる」

ボーウィッドの声は意外に渋かった。とりあえず、隣であんぐりと口を開け信じられないといった表情を浮かべるセリスに、ドヤ顔を向けておく。

「なるほど、隠し通路か。悪くはないが、それは隠し部屋へと行けるのか？」

ボーウィッドがヘルムを左右に……ってもう顔でいいや、顔を左右に振った。

「ここから……行けるのは……何もない部屋………と思わせて……そこである操作をすれば……工場内の……ある場所から………隠し部屋へと行ける」

「その隠し部屋は裏兵器の工場か？」

「そこは……ダミー……裏工場には………別のルートで行く」

「エクセレントだ。二重にも三重にもはりめぐらされた罠《わな》、最高すぎる」

俺は自然と手を前に伸ばす。前でボーウィッドもほとんど同じ動きをした。そして俺達はテーブルをはさんで熱い握手を交わす。ここに魔族と人間の友情が成立した。

「はぁ……もう、わけがわかりません……」

隣でセリスが頭を抱えていた。男同士の友情に女の入り込む余地はない。

「クロ……指揮官は……人間なのに……いい奴《やつ》………」

「おいおいみずくせぇよ！　クロでいいぜ兄弟！」

俺がニヤリと笑いかけると、ボーウィッドもニヤリと笑い返してきた（気がした）。

さて、場も暖まってきたところで、そろそろお仕事をしますか。

「さて、ボーウィッドよ。俺は魔族領に来てまだ日が浅いからよくわからないんだが、この街や工場で何か抱えている問題はないか？」

「……工場に……問題が……ある……」

「ほほう、工場に問題があるのか。そいつを聞いてもいいか？」

俺が尋ねると、ボーウィッドはおもむろに立ち上がった。そして部屋の扉へ足を進めこちらに振り返る。

「……見てもらえれば……わかる…………工場……案内する……」

「えっ⁉」

「おーそうか。悪いな、忙しいのに」

「気に……するな……忙しいのは……お互い様だ……それにクロのためなら………別に苦じゃない……」

マジでいい奴じゃねぇかボーウィッド。なんか隣で素っ頓狂な声を上げてたやつがいるがシカトでいいだろ。

俺は立ち上がりボーウィッドの後ろについていく。茫然《ぼうぜん》とボーウィッドを見ていたセリスも慌ててその後についてきた。

「ちょ、ちょっとクロ様！」

「あん？　なんだようるせぇな」

なんかセリスがめっちゃ興奮してんだけど。あぁ、お前も武器工場の素晴らしさがやっとわかったか。

「ボーウィッドが工場案内するとか前代未聞ですよ！　と、いうよりも他の魔族を工場に入れたなんて話、聞いたことがありません！」

へー。魔族ってあまり武器工場に興味ないんだ。俺はワクワクするけどな。なんかよくわからん部品が流れていき、どんどん組み上がっていくと思ったら自分の知っている武器の形になるんだ。テンション上がるだろうがよ。

まぁでも人の趣味はそれぞれだ。たまたまボーウィッドと俺の趣味が合っただけ。武器工場の素晴らしさがわからないというだけで、俺は魔族をバカにしたりしない。

「……ここだ……」

ボーウィッドについて街の中を行くこと十五分。アイアンブラッドの中でも一際大きい工場にやって来た。

ボーウィッドと共に工場内へと入っていく。魔道具による照明はあるものの、建物内はかなり薄暗くなっていた。これは意図的にやったことだ、俺にはわかる。

「兄弟……この薄暗さ、まさに武器工場にぴったりだ」

「えっ、単に照明魔道具を節約しただけじゃ……」

「その通りだ……兄弟………明るすぎるのは……武器工場じゃ…ない」

「………」

いやー兄弟はわかってんなー。つーかセリスどうした？　身内の葬式に出ているような顔してんぞ？

工場内には溶鉱炉や鉄を打つ鉄火場、部品を組み立てる作業場などがあった。街に僅かにいた他の魔族の姿は一切なく、完全にデュラハンだけで作業が行われている。

全員が自分の持ち場で集中しており、一切の雑念なく作業に没頭している。武器づくりには素人の俺だが、一つ一つの工程が手抜きなく、丁寧に進められているのが見て取れた。

それにしても……。

「気づいたか……兄弟……」

「あぁ……これは問題だな」

「えっ？　何が問題なんですか？　私には皆真面目に作業をしているようにしか見えないんですけど？」

セリスが眉を寄せながら首を傾《かし》げている。これだからモノづくりに従事したことないやつは……まぁ、俺も動物を狩るための罠とかぐらいしか作ったことないけどな。いやーあれはお粗末だったわ。結局その罠にかかったのは村長だけだったし。

「セリス、あそこ見てみろ」

俺が指さした方にセリスが目を向ける。そこには二人のデュラハンの姿があった。

一人はかなりの経験を積んだベテランなのだろう、テキパキと部品を組み立てている。だが、隣にいるデュラハンは若手なのだろうがかなり作業が遅い。若手のデュラハンが一つ組み立てる間に、ベテランのデュラハンが三つ、四つ組み立てていた。

「はぁ……まぁデュラハンによって作業のスピードが違うのはしょうがないんじゃないですか？　得手不得手もありますし」

「問題はそこじゃない、よく見てみろ」

セリスが顔を顰《しか》めながら二人のデュラハンに注目する。すると、ベテランのデュラハンが若手の方をチラチラ見ていることに気がついた。

「なんか若手を気にしてますね……」

「そこだよ！」

俺の声にセリスがビクッと身体《からだ》を震わせる。いや、なんでビビるんだよ。そこまで大きな声出してねぇだろ。

「あのベテランは若手の悪いところがわかるんだよ。そりゃずっと隣で作業していたら相手のダメなところぐらい見えてくるだろう」

「はぁ……まぁそうですね……それの何が問題なんですか？　悪いところを指摘してあげればいいじゃないですか？」

本当にこいつは……。俺は呆《あき》れ顔《がお》で兄弟に目を向けると、兄弟もヤレヤレといった感じに肩を竦《すく》めて首を振った。俺達の素振りを見たセリスが頰《ほお》をピクピクと震わせる。

「それができたら兄弟が工場に問題があるなんて言わないだろ？　問題は一つだ。しかもこの上なく明確な問題がな」

「……その問題点を私にもわかりやすく説明していただけますか？」

頰をヒクヒクと痙攣《けいれん》させながらセリスが尋ねてきた。まったく……この程度もわからんとは、嘆かわしいことこの上ないな。だが、俺は心優しき指揮官。出来の悪い秘書にもちゃんと理解させるのが俺の役目。

俺は気を取り直すように一つ咳払《せきばら》いをすると、セリスにデュラハンが抱える問題点を説明する。

「デュラハンはな……全員コミュ障なんだ！」

「…………はぁ？」

きょとん顔のセリスはおいておき、俺はこの問題を早急に解決しなければならない。しかし、まいったな……兄弟が特別コミュ障なんだと思っていたが、まさかデュラハンという種族自体がコミュ障とはな……。

だがこれは由々《ゆゆ》しき事態！　指揮官として、同じコミュ障として腕が鳴るぜ！


デュラハン達が抱える問題点はわかった。後は解決策を模索するだけだ。

今日はここまで、とボーウィッドに告げ、俺はセリスの転移魔法によって一旦家に帰る。家のドアを開けるや否や、ちょこちょこと歩いてきたアルカを思いっきり抱き寄せ、切れかかっていたアルカ成分を補充。

うーん、やっぱりアルカは俺の生きる上での欠かせない燃料だわ。これさえあればどこでだって俺は生きていけるぞ！

それで今はセリスが持ってきてくれた夕飯をみんなで食べるところ。

いやー労働の後はお腹《なか》が減るなー。おっ、今日はグラタンとパン、それにサラダか。グラタンの具がシーフードじゃないのが少し残念だが悪くない。今はとにかく空腹状態だからなんでもご馳走《ちそう》だ！

……ところで、なんで俺の目の前にはパンしか置いてないの？

「……セリス？」

「なんでしょうか？」

あっ、この感じ懐かしい。初めてセリスに会った時と同じ感じだ。いやーそう考えるとセリスも大分優しくなったのかなー。うん。

あーなんていうかあれだな、昔の俺よく耐えてたなー。……このナイフみたいに尖《とが》ったセリスは信じられないほどおっかない。

「あの……セリスさん？　俺のご飯……」

「あぁ、その事ですか」

セリスは食べるのをやめ、こちらに冷たい目を向ける。やばい、今少しだけ心臓が潰れた気がした。

「帰り道でとても興味深いお話をしてくださったので、てっきりいらないものだと思いました」

えーっと……俺はセリスさんになんて言ったのかな？　ちょっとテンション上がってて覚えてないんだけど。

「確か……男のロマンは女には理解できないから口出しするな、と」

あーそれは言った気がするなぁ……。

「男が夢を作り出しているというのに、女は何をやっているのか、と」

……そんなこと言ったかな？　ちょっと記憶が曖昧……。

「あとは、女の手なんか借りなくても男は生きていける、とも」

俺はそんなこと言った……私はそのようなことを申したのですか⁉　なんて傲慢なやつなんでしょう‼

アルカが不安そうに俺とセリスを交互に見る。……頼むからこんな情けない俺の姿なんて見ないでくれ。

セリスが非の打ち所がないような素敵な笑みを俺に向ける。

「ですから、女ごときが作ったご飯などいらないかと思いました。城でご飯を作っているのは女中さんですからね」

やべぇよやべぇよ……。どう転んでも俺が悪いよ。だって本人が悪いって思っちゃってるもん。

俺が惨めにパンをちぎって食べていると、見兼ねたアルカが身を寄せて耳打ちしてきた。

「……また怒られるようなことしたの？」

アルカよ。またとはなんだまたとは。だが今回に関しては何も言うことができない。

そんな情けない俺にアルカが微笑《ほほえ》みかけてきた。

「謝った方がいいの！　アルカも一緒に謝ってあげるから！」

あーなんていい子なんや……。笑顔が眩《まぶ》しすぎて直視できねぇよ。流石《さすが》に今回は俺に非があるからな。

俺はセリスに向き直ると机に手をつき頭を下げる。

「すいません！　気の合う仲間を見つけて完全に調子乗ってました！」

「アルカも謝るからもう許してあげて！」

素直に謝った俺を見て、目を丸くしていたセリスだったが、必死に訴えかけているアルカに手を伸ばし、微笑みながら頭を撫《な》でた。

「……アルカは優しい子ですね。私も大人げなかったです。すいませんでした」

セリスは空間魔法で収納していた俺の分のご飯を取り出し、机に置く。怒っていても、ちゃんと俺の分のご飯を持ってきてはいたのか。セリスさんの優しさに感謝。

「ただ、あまり女性を軽んじる発言はやめた方がいいですよ？」

「……肝に銘じます」

俺が申し訳なさそうに言うと、セリスは柔和な笑みを俺に向けてきた。本当に不本意で認めたくない事実ではあるのだが、その顔に少しだけ、ほんの少しだけドキッとした自分

がいた。まぁ多分気のせいだろう、気のせいに違いない。

女中さんに感謝の意を込めて手を合わせてからご飯をいただく。うん、すごく美味《おい》しい。

俺は夕飯を噛《か》み締《し》めながら、調子に乗りすぎるのはいけないことだと深く反省しました。

翌日は朝からアイアンブラッドへ行く予定だったので、朝食をとり、アルカにハグをしてから家を出る。その時にセリスが手荷物を持っていたから聞いてみたら、これがなんとお弁当。

朝から俺が出かけるということを知った女中さんが作ってくれたらしい。感謝するとともに、昨日の自分の世迷《よま》い言《ごと》を恥じる俺。

生きていくには女性が必要です。はい。


「うーん……どうしようかな……」


俺は腕を組みながら頭を悩ませていた。今日俺がいるのは昨日とは違う工場。

流石に連日は仕事を離れることができない、とボーウィッドは今日はついてきていないが、気を利かせてくれたらしく、俺を全ての工場に顔パスで入れるようにしてくれていた。

兄弟まじ兄弟。

だから今日はセリスと二人で工場見学。ちなみにここは三軒目。

「どこも変わりませんね……」

昨日はイマイチピンときていなかったセリスも、三軒見れば何が問題なのか嫌でもわかったのだろう。難しい顔をしながら無言で働くデュラハンを見ていた。

「本当にコミュニケーションをとりませんね。なぜでしょうか？」

ふむ、問題点はわかっても性質は理解できないか。まぁ仕方がないことだ。なぜコミュニケーションをとらないのか？　コミュ障だからだ。

「この問題……解決することができるのでしょうか？　私には解決策が全く思いつきません」

「どうしたら解決っていうのははっきりしたんだけどな」

「デュラハン同士で会話をするようになる、ですか？」

セリスの言葉に俺が頷《うなず》く。言《い》うは易《やす》く行《おこな》うは難《かた》し。黙々と働いているこのデュラハン達が、おしゃべりしている図が思い浮かばない。

さっきジャブ程度に俺が声をかけてみたが、誰一人として言葉を発さなかった。やはりボーウィッドのようにはいかないか。こりゃいよいよ手詰まり感が出てきたな。

その後も違う工場に顔を出し、複数のデュラハンに声をかけてみたが結果は変わらず、昨日とは打って変わってテンションだだ下がりのまま帰路についた。

次の日も、その次の日も諦めずにアイアンブラッドの工場に赴いては、デュラハン達に積極的に話しかける。少しでも話すことに抵抗がなくなれば、と小さな期待をよせるも、まるで効果はなし。

時間だけが無情にも過ぎていき、気がつけばボーウィッドに話を聞いてから二週間が経《た》っていた。


日はすっかり落ち、夜空には数多くの星が自らの存在を主張するかのように光り輝いている。

森の生態系は違う場所にいるのかと錯覚するほどにガラリと姿を変え、獰猛《どうもう》な夜行性のハンター達が獲物を求め、活発に動き回っていた。

そんな食物連鎖のドラマが繰り広げられている森に囲まれた巨大な城。その中庭にあるちっぽけな小屋のウッドデッキに、一人考え込んでいるクロの姿があった。

口数少なく夕食を終えると、ふらふらと小屋から出ていき、ウッドデッキの椅子に座ってから二時間。クロは指を組んで頭の後ろに回して夜空を見上げたまま、ほとんど動くことはなかった。

そんなクロを家の窓から心配そうに見つめる二つの視線。

「……なんか苦しそう……」

アルカは悲痛な声を上げる。アルカにとってクロは自分を救ってくれた大切な人であり、そんなクロが苦しんでいるのは自分が苦しい以上に辛《つら》いことであった。

セリスは自分の膝の上にいるアルカにそっと腕を回す。

「うーん……あれは苦しんでいるというよりは悩んでいるんですよ」

「悩んでる？」

アルカが大きな目をセリスに向けると、セリスはゆっくりと頷いた。悩む、という事がまだよくわからないアルカはもう一度クロに目を向ける。確かにアルカの知っている「苦しい」とは少し違って見えた。

「でも、可哀想《かわいそう》だよ」

「……アルカは優しいのですね」

セリスが優しくアルカの髪を撫でる。するとアルカは口をすぼめながら首を横に振った。

「優しいのはアルカじゃなくて……パ、パパなの」

アルカが少し言いづらそうに言う。まだ、クロを「パパ」と呼ぶことに抵抗があるらしい。

「クロ様が？　……そうかもしれないですね」

少し驚いたセリスだったが、それ以上にアルカの言ったことをすんなりと受け入れてしまった自分の方が驚きだった。おそらくクロと出会った日の自分であれば、間違いなく鼻であしらっていたに違いない。

でも……、とセリスはクロへと視線を向けた。

彼が悩んでいることはわかる。でも、そんなに必死に悩んでいる理由は魔王軍の指揮官だから、なんてつまらないモノでは決してないだろう。

新しく出来た自分の友人のため、彼は大好きな娘とのスキンシップを犠牲にしてまで、ああやって思い悩んでいるのだ。

それはとても歪《いびつ》なこと。なぜなら、彼と我々は敵同士。相容《あいい》れることなどあり得ない。

だが、ボーウィッドにしても、今自分の腕の中にいるアルカにしても、彼らはそんな事を気にする素振りは一切なかった。それがセリスには不思議で理解不能で、少し羨ましくもある。

「……不思議な人ですね、あの人は」

「不思議？」

アルカがセリスの顔を見上げながら首を傾《かし》げるも、セリスは微笑んでいるだけ。

「言っていることは難しくてわからないの」

「ふふふっ……そうですか？」

セリスが柔らかく笑うと、なんとなくからかわれているような気分になり、アルカはぶーっと唇を尖《とが》らせた。

「そんな怒らないでください」

「怒ってないもーん」

セリスはプイッとそっぽを向いたアルカを抱き寄せ、スリスリと頬《ほお》ずりをする。

「ち、ちょっとくすぐったいの！」

「うふふ、アルカが可愛《かわい》いのがいけないんですよ？」

セリスは更にアルカを抱きしめると、身体《からだ》全体でアルカを堪能し始めた。アルカもイヤイヤとは言いながらも、満更でもなさそうな顔をしている。

しばらくじゃれ合っていた二人であったが、少し落ち着くと、示し合わせたようにクロに目を向けた。

「なんとか力になりたいの」

「力に、ですか……」

困っている人がいれば力になりたい。アルカはそういう優しさを持つ子だということは、十二分に把握しているのだが、やはりセリスは心のどこかに引っかかりを感じる。

「それはなぜですか？」

そう思うと、思わずアルカに尋ねていた。なぜアルカはクロの、人間であるクロの力になりたいと思うのだろうか。親の仇《かたき》と言っても過言ではない相手だというのに。

アルカはセリスの顔を見つめ、なんの迷いもなく答えを口にする。

「なんでって、大好きだから」

いたってシンプルで、それでいて心に響く言葉。種族の違いに囚《とら》われている自分をあざ笑うかのような答え。

セリスは静かに目を閉じる。クロとの出会い、そしてアルカとの出会いが、セリスの中の凝り固まった魔族思想を溶かしていくようであった。

「マ、ママの事ももちろん大好きだよ！」

クロの時と同様、「ママ」というところで少しつっかえるアルカ。初めて言われたときは呆気《あっけ》にとられただけであったが、今はただただ嬉《うれ》しかった。

「……私もアルカの事が大好きです」

セリスは自分に大切なことを教えてくれた小さな先生を優しく抱きしめる。照れ臭そうに笑うアルカだったが、その顔を見る限り嫌がってはいない様子。

「……ねぇ？」

しばらく二人して何も言わずにクロを見つめていたが、不意に小さな声でアルカがセリスに話しかける。

「はい？」

「今日はまだお家に帰らないの？」

アルカはセリスの顔を見ずに尋ねた。普段であれば夕食を三人で食べた後、クロがアルカにデレデレし始めるくらいに、セリスはここから去っていた。しかし、今日はクロがあの様子であるため、アルカの事を慮《おもんぱか》って、いつもより遅くまで小屋に残っていたのだ。

「私は……帰った方がいいですか？」

いつもの口調で言ったはずなのに、なんだか自分の声が震えている気がする。なんでだろう、と疑問に思う自分と、アルカの答えを聞くのが怖いからだろう、と答える自分がいた。

アルカは甘えるようにセリスの胸に自分の顔をうずめる。

「……もう少し一緒にいたいの」

「……わかりました。一緒にいますよ」

アルカの答えに喜びと安堵《あんど》を感じながら、セリスはアルカの背中をそっと撫《な》でた。アルカは温かいシャボン玉に包まれているような温《ぬく》もりを全身に感じながら、セリスに身を委ねる。

結局、セリスはアルカの寝息が聞こえるまで、ずっとその背を優しく撫で続けていた。

今日は久しぶりにボーウィッドを伴っての視察。だが、変わったのは人数だけだ。何の成果も得られていないことに若干自己嫌悪になりそうな俺。

「俺達のために……いつもありがとう……兄弟……」

ボーウィッドがいつもの低音ボイスで俺を励ましてくれる。あぁ……兄弟が優しければ優しい程、何もできない自分が低能無能なゴミ屑《くず》野郎に思えてくる。

誰か俺をののしってくれ！　哀れな豚と踏みつけてくれ!!　生きる価値のないミジンコ野郎となじってくれ!!

俺は期待を込めた眼差《まなざ》しをセリスに向ける。

「なんですか？　そんなもの欲しそうな顔しても、私は何も持っていませんよ？　あほ面浮かべてないで、さっさと解決策を探してください」

うん、あれだ。ののしってくれって言ったけど、本当にののしられると傷つくもんなんだな。今度からはもう少しソフトに責めてくれる人を探すよ。

俺は手すりにしなだれかかりながら工場の様子に目を向ける。眼下にはいつも通りの無口な職場。少しは無駄口叩《たた》いて仕事しろよ、お前ら!!

「……兄弟……」

「ん？」

俺がボーウィッドに目を向けると、なにやら緊張しているような面持ちでこちらを見ていた。

「俺達のために……頑張っている……兄弟に……感謝の意をこめて……夕食に……招待したい……」

なん……だと？　生まれてこの方、友達からの誘いなんて受けたことない俺が、夕食のお誘いを受けるだと？　レックスのはノーカン。だってあれは招待じゃなくて徴集だから。兵役義務だから。

兄弟の厚意を無にしたくない。無にしたくないのだが、家にはエンジェル……あっ、間違えた、マイスイートラブリーエンジェルが待っているからな。どうしたもんか……。

「行って来てはどうですか？　アルカは私が見ておきますよ」

「ん？」

あぁ、セリスがいればアルカは寂しい思いをせずに済むか。それはそれでなんとなく嫌だが、俺は魔族領で初めてできたこの友達を大切にしたい。

「じゃあお言葉に甘えるとするか。兄弟！　お呼ばれされるぜ！」

「よかった……断られるかと……少し怖かった……」

わかるわかる！　コミュ障の俺達は人を誘うのも命懸けだよな！　断った方は本当にただ都合が悪いだけなのに、俺って嫌われてるんじゃないか、とか色々勘ぐっちまう。それが嫌だから最初から誘わないって選択肢を選んじゃうんだよなー。

「兄弟が…来てくれるなら………家内も喜ぶ……」

……カナイ？　カナイって何？　あぁ、あれ？　金ピカおしゃれヘルムの金井《かない》君の事？

現実を受け入れられない俺に、セリスが止《とど》めの一撃を入れる。

「あぁ、言ってませんでしたっけ？　ボーウィッドは妻帯者ですよ？」

相変わらずの鋭利な切れ味あざーっす！　俺は完全に死にました。

夕方、いつも通り何の糸口も見つけられないまま職務を終えた俺は、ボーウィッドに連れられ自宅にお邪魔していた。最初にボーウィッドを訪ねた時に歩いた場所は工場部分だったので、自宅に入ったのは初めてだったのだが。

感想、何もない。

まずはボーウィッドの部屋を案内してくれたのだが、あったのはベッドと自分の鎧《よろい》を磨くための布。机もなければ椅子もない。本当に身体を休めるだけのスペースであった。

いやー、本が一冊もないことには驚きだな。人間の世界では娯楽として普及してたから。本を読んだことがない奴《やつ》なんていなかったのにな。てっきり魔族もそうだと思ってた。

……でも、セリスも暇さえあれば本読んでるし、デュラハンが本を読まない種族なのか？

「なぁ兄弟。デュラハンは本を読むのが嫌いなのか？」

「……俺達デュラハンは……兄弟も知っての通り……コミュニケーションをとるのが……苦手だから……他種族と……交流がはかれない……だから……読みたくても……本が手に入らない……」

なるほどな。コミュ障のせいで他の種族と良い関係が築けないってことか。っていうか魔族って街と街で交易とかしてるのかな？　他の街に行ったことがないからわからん。帰ったらセリスに聞いてみるか。

「食料とかはどうすんだ？　ってかデュラハンって食事するよな？」

「……俺達も……食べなきゃ力は出ない…………食料は必要不可欠だからって……オーク達が……この街に店を構えて売ってくれている……」

あーそういえば街にあった肉屋とか八百屋とかは、ゴブリンやオークが切り盛りしていたな。それ以外の店は武器屋しかなかったけど。

「…………この先がリビングだ……」

おっと、とりあえず今はお呼ばれされたこの状況を満喫しなきゃな。俺はボーウィッドの後についていきリビングに入った。

うーん、ボーウィッドの部屋よりはましだが……やっぱなんもないな。なんか無造作に机とソファが置いてあるだけだ。後、めちゃくちゃ武器が飾られている。これじゃ工場の事務所となんも変わんねぇな。

俺が部屋をキョロキョロ見ていると、ボーウィッドが少し小ぶりな黄色い鎧のデュラハンを連れてきた。

「……紹介する……妻のアニーだ………」

「アニーです……夫がお世話になっています……」

「あっどうも。魔王軍指揮官のクロって言います。とてもお奇麗（な甲冑《かっちゅう》）ですね」

「……褒めても何も………出ませんよ……」

うん、なんかよくわからんが美人な奥さんだ。なんとなく黄色い鎧に赤みがさした気がする。

挨拶もそこそこにソファに座るようにボーウィッドに促され席に着くと、アニーさんが料理を運んできてくれた。

デュラハンって何食べるんだろ、と心配していたが、なんてことはない、出てきたのはとても美味《おい》しそうなピザに、豪勢に飾られた照り焼きチキン。予想外のごちそうに嬉《うれ》しくなりながら、三人で食事を始める。

三人で囲む夕食は思いのほか楽しかった。会話こそほとんどなかったが、それでも要所要所でアニーさんの気遣いを感じ、ボーウィッドからは親愛の情を向けられている気がした。

仲睦《むつ》まじい夫婦なのは、はたから見てても明らかだったのだけど、俺は意外にも穏やかな気持ちで二人を見ることができた。もっとこう……リア充爆発しろぉぉぉ!!　とか、仲良しですね死んでしまえばいいのに、とかなると思ってたんだけどな。

多分二人がいい人だってわかってるってのがあるし、必要以上にいちゃつかないってのもあるとは思うけど……正直、目の前のソファに鎧が二人座っていても、防具屋にいる気分にしかならないってのが一番の理由です。

あぁ、あと一番不思議だったのが……。

「……食べているか……兄弟…………？」

「ん？　あぁ！　アニーさんの手料理は最高だな！」

「指揮官様に……そう言ってもらえて…………光栄……です……」

うんうん、アニーさんはおしとやかな人だ。どっかの取扱い注意な金髪秘書に見習わせたいよ。……っとと、今度こそ見逃さないぜ！

俺はピザを口に運びながら、目だけはボーウィッドの手を追っている。その手には俺と同じようにピザが握られており、ゆっくりと口に運んでいくところだった。

瞬《まばた》きすらしない。ドライアイなんかくそくらえ。俺は一心にピザを持つ手を凝視する。

兜《かぶと》まで三十センチ……二十センチ……十センチ………ってやっぱ消えたぁぁぁ!!

何回見ても消えてるようにしか見えねぇよ!!　兜に食べ物が近づいた瞬間ブラックホールに吸い込まれてるよ!!　マジでどうなってんだデュラハン!!　ってかピザマジでうめぇな!!

そんなこんなで食事も終わり、アニーさんが食後のコーヒーを運んでくれる。本当によくできたよろ……ゲフンゲフン、奥さんだ。

俺はお礼を言ってカップを受け取ると、じっくりと匂いを嗅いだ。うーん、この香りだけで頭がしゃきっとするぜ！

「どうだった……？　……妻の……手料理は……？」

「いやお世辞抜きで美味《うま》かった！　また食べに来たいぐらいだぜ！」

「……それは……よかった……またいつでも来るといい……」

ボーウィッドもカップをとり、口元へと運ぶ。傾けていないにもかかわらず、カップからコーヒーがどんどん減っていった。もはや怪奇現象。

二人でゆっくり寛《くつろ》いでいると、後片付けを終えたアニーさんがボーウィッドの隣に座る。

俺がお礼を言うと、アニーさんは優しく微笑《ほほえ》んだ。

「……この家に……人を呼んだのは……初めてだ……」

「そうなのか？」

「……あぁ……」

ボーウィッドがカップを机に置き、俺のことを見つめる。

「……兄弟を見ていて……俺も変わらないとって……思うようになってきた」

「へっ？　俺？」

あれ？　俺なんかしたっけ？　なんか、視察とか言って工場行ってては作業の邪魔ばっかりしている気がする。

隣でアニーさんが静かに頷《うなず》いた。

「指揮官様に会って……夫は……少し変わりました……………家にいても……あまりしゃべらなかったこの人が……私に……話しかけてくれるように……なったんです」

そうなのか……俺の頑張りも無駄じゃなかったってことかな。なんかちょっとだけ救われた気持ちになったわ。

俺がそんなことを考えていると、ボーウィッドがずいっと身を乗り出してきた。

「兄弟は……俺達のために……必死になってくれてる…………俺には伝わってる……だから…………みんなにも……絶対伝わる……！」

「っ!?」

やべぇ……その発言は卑怯《ひきょう》だろ。俺はごまかすように下を向くと眉毛をいじる振りをして目元をぬぐう。下手くそな演技すぎてバレバレだっただろうけど、ボーウィッドは何も言って来なかった。その優しさがまた温かくて、さらに目頭が熱くなる。

なんだかんだ言って結構追い詰められてたんだなー俺。結果が出なくて空回りばっかかで。

まったく……こんな姿セリスに見られたら、何言われるかわかったもんじゃねぇな。

少し落ち着きを取り戻した俺が顔を上げると、アニーさんがコーヒーを注《つ》ぎ足《た》してくれた。俺は頭を下げながらカップを持つと、ゆっくりとコーヒーをすする。なかなかにビターな味。でも、今の俺にはちょうどいいな。

「……ちょっと言いにくいこと……言ってもいいか？」

「ん？　言いにくいこと？」

改まってどうした？　えっ？　何？　もしかして今日のって有料？　俺金持ってないんだけど？　ツケとかいけるよね？

「……最初に会った時……俺は兄弟を見て……不信感しかなかった………」

あーそういう話？　そりゃ敵方である人間がやってくればそうなるのが当然だろうよ。あのバカ魔王が特殊なだけ。

俺だって動く甲冑とかホラー？　とか思ってたよ。だがコミュ障と知ってからはめちゃくちゃ親近感が湧いたけどな。

「人間……それだけで……兄弟のことを……敵とみなしていた……」

人間、か……確か、セリスも同じような感じだったっけ。

「自分が……外見で苦労することが……多いというのに……そんな俺が……外見で判断し

てしまうとはな……」

ボーウィッドの見た目は、白銀のフルプレート。その上、口下手とくれば、デュラハン相手ならどうか知らんが、他の種族の奴らには怖がられる事も多いんだろうな。

「……だが、兄弟はそんな事関係なく接してくれた……俺はその時、疑っていた自分が恥ずかしくなった……」

「兄弟……」

「……本当にすまなかった……」

ボーウィッドが深々と頭を下げる。表情なんてないのに、こんなにも本気で謝ってるって伝わるんだな。俺は全然気にしてねぇよ。だからそんなに身体《からだ》を震わせて自分を責めるな、兄弟。

「ボーウィッドよ、何を勘違いしている？」

「……えっ……？」

ガチャンと音を立てながらボーウィッドが頭を上げた。そんな兄弟に俺はニヤリと笑いかける。

「魔王軍指揮官として言わせてもらえばな、目の前に怪しい人間が現れたのに警戒もできないようなやつは幹部失格だ!!　だから兄弟よ！　お前の反応は正しい!!」

「……なっ……⁉」

「だけど今は違うんだろ？　だったらいいじゃねぇか！　俺はお前のダチだ！　お前がそう思ってなくても、俺は勝手にそう思ってるからな！　兄弟‼」

ボーウィッドはしばらく茫然《ぼうぜん》と俺を見つめていたが、急に目元を押さえ横を向いた。フルフェイスの間から液体が流れているのが見える。デュラハンも涙を流すんだな……って隣でアニーさんがめっちゃ泣いとりますやん！　嗚咽《おえつ》がめっちゃ鎧《よろい》に反響してますやん‼

俺は立ち上がり、ボーウィッドにニカッと笑いかけると何も言わずに拳を出した。ボーウィッドも立ち上がり、俺の拳に自分の拳をぶつける。

「……もうクロは……敵なんかじゃない……俺の……兄弟だ……‼」

「あぁ！　これからもよろしくな！　兄弟‼」

この日、俺は本当の意味でボーウィッドと兄弟になった気がした。

俺はアニーさんに何度も何度も泣きながらお礼を言われ、ボーウィッドに明日から一緒に行動する、と固く約束されながらボーウィッドの家を後にした。

転移魔法で小屋の近くまで移動すると、ウッドデッキで座っているセリスの姿が目に入る。

「お疲れ様です。ボーウィッドと話し合って、何かいい解決策は浮かびましたか？」

「ん？　あーなんも浮かばなかった。また明日から考えないとだめだな」

「そうですか」

……なんかセリスが微笑んでるんだけど。よからぬたくらみを企てているようにしか見えない。

「なんだよ？　なんか嬉しそうだな」

「いえ……クロ様が元気になられたみたいですから。ボーウィッドとの夕食も無駄ではなかったのかなと思いまして」

えっ？　まさか俺のこと心配してくれてたの？　しゃべる凶器みたいなセリスが？

「アルカがとてもあなたのことを心配していたので。アルカにまで心配かけるとはダメな父親ここに極まりですね。もっとしっかりしてください」

うん、平常運転だわ。俺のハートをざっくざくに切り刻みやがったわ。くそが。

それにしてもアルカが俺のことを心配してくれていたとはなぁ……嬉しい反面情けなくもある。セリスの言うことを聞くみたいで癪《しゃく》だが、もっとしっかりしないとな。

「アルカはもう寝た？」

「とっくに寝ましたよ。今何時だと思っているんですか？」

「だよなぁ……あぁ、アルカ成分が枯渇する……」

「バカなこと言ってないでさっさと家に入って休んでください。明日も仕事なんですからね」

おーおー厳しいね相変わらず。俺は忌々しく思いながらセリスを一瞥《いちべつ》すると、何も言わずに小屋に向かった。そして、ドアに手を伸ばしかけたところでピタッと身体が止まる。

……ん？　今アルカはとっくに寝たって言ってなかったか？　じゃあなんでセリスはここにいるんだ？　アルカが寝たならもう帰ればいいのに。ここは魔王城なんだから寝ているアルカを一人にしても何の危険もないだろ。

ってことはセリスがここにいた理由はアルカじゃなくて……。

俺はクルリと反転すると、仏頂面で近くにある椅子に腰を下ろした。そんな俺を見てセリスは目を丸くしている。

「何をしているんですか？」

「うるせぇな……どうせもう夜遅いんだ。もう少し遅くなっても同じだろ？　たまには話に付き合えよ」

「…………仕方ありませんね」

セリスは渋々といった感じで俺の隣に座った。おい、その聞き分けのない子を見るような目で俺を見るのを止《や》めろ。めっちゃ腹立つ。

何とも言えない沈黙が二人を包み込む。なんで話に付き合えとか言っちゃったんだ、と俺が後悔していると、セリスが呆《あき》れた表情を向けてきた。

「私のことを呼び止めておきながらだんまりですか？」

「……こういう時は秘書が話題を提供するもんだろ？」

セリスが俺に見せつけるように大きくため息を吐《つ》く。人を苛立《いらだ》たせる天才かこいつは。

「今日、夕飯を食べながらアルカが嬉《うれ》しそうに言っていたのですが、もう基本属性の初級魔法《シングル》は完璧にマスターしたみたいですよ？」

「まじでか？　地属性は教えた覚えがないんだが……」

「ルシフェル様がご教授なさったみたいです。あの二人、ただ遊んでいるってわけではないみたいです」

あーフェルに教わったのか。本当は俺が直接教えたいんだがフェルなら問題ないだろう。あいつは俺が認めた数少ない魔法陣の使い手だからな。

「ルシフェル様から直接教えていただけるなんて、アルカは本当に幸せ者ですよ。私はルシフェル様以上の術者を見たことがありませんからね」

……なんだろう。レックスの魔法陣を見て、同じようなことを言っていた奴《やつ》が何人もいたが、その時はなんにも感じなかったのに、セリスに言われると妙に悔しい。この悔しさはフェルに劣っていると言われているからだろうか？

「……まぁアルカが強くなってくれればくれるほど俺は嬉しいんだけどな」

「すぐに抜かれてしまいますよ？　守るとか大仰なことを言っておきながら、娘に守られるようなみっともない父親にはならないでくださいね」

こいつは本当に一言一言棘《とげ》があんのな！　つーか俺に勝てるようになったらお前の大好きな魔王様だってやられかねないっつーの!!　……それはちょっと自信過剰すぎるか。

実際フェルの本気は見たことがないからなぁ……あん時だって俺の力を試している風だったし。まぁ、俺も全然本気なんかじゃなかったんだからね！　勘違いしないでよね!!

「クロ様はボーウィッドとどんな会話をしたんですか？」

「んー？　会話らしい会話はあんまりしてないけど……」

「まぁ彼は寡黙ですからね」

楽しげにくすくすと笑うセリス。あっ、そういやセリスに聞きたいことがあるんだった。

「俺はアイアンブラッドにしかまだ行ったことがないからよくわかんねぇんだけど、魔族の街同士で交易とかあるの？」

「それはありますよ。種族によって得意なことが違いますからね。自分達の自慢の品を相手に渡して、自分達が作れないような物を相手から頂く。人間の世界でもそうなんじゃないですか？」

「あぁ、そういうところは変わらんな」

やっぱり交易してるのね。なんとかアイアンブラッドもその交易の輪に交じりたいもんだけど……上質な武器は揃《そろ》ってはいるんだけど、いかんせん交渉がなぁ……壊滅していると言っても過言じゃない。

「そういえばボーウィッドの奥様の料理はどうでした？」

「いやーあれはびびった。デュラハンが飯を食うことにもビビったけどな。美味《うま》いのなんのって……」

特にピザはやばかったな。王都でも食べたことあるけど、あそこまで美味いのは初めてだ。

「……いつも食べてるお城のご飯とどちらが美味《おい》しかったですか？」

「味も見た目も奥さんのアニーさんの方が上だったなー。でも、アニーさんの料理はボーウィッドのために作ってるって感じがした。だから、毎日食べたいって思うのはお城の方かな。なんとなく俺好みの味だし」

「……そうですか」

待て待て待て。なんでちょっとお前が嬉しそうなんだよ。褒めてるのはお城の女中さんだぞ？　魔王城大好きっこか、お前は。

「まぁでもセリスも一度は食べてみた方がいいぞ？　どーせ料理なんかしたことないんだろうからアニーさんとこ行って教えてもらえよ」

「………余計なお世話です」

セリスがプイッと横を向く。なんか思っていたよりも反応が鈍い。もっと邪悪な笑顔を浮かべながら、えげつないことバンバン言ってくると思ったのに。なんか拍子抜け感が拭えないぜ。

「……あと面白かったのはデュラハンのご飯の食べ方だな。あいつら口元に持っていくだけで料理が消えるんだぜ？」

「消えるんですか？」

「あぁ。もうシュッ！　って感じになくなるんだよ。俺も何度も見たけど結局消えてるようにしか見えなかった」

「それは……ちょっと見てみたいかもです」

いやーあれはなかなかにトリッキーだったね。酒場でやったら大うけ間違いなしだろ！　あっ今度ボーウィッドと酒でも飲みたいなー。互いに酒を酌み交わしてちゃんとした兄弟の契りを……。

　そこまで妄想して、俺はボーウィッドの涙を思い出す。あれを見た時、俺は本気でこいつのために何かをしてやりたいって思ったんだ。

「……何か良いことを思い出したんですか？」

「えっ？」

「口元が笑っていますよ」

　セリスに指摘されて自分が笑っていることに気がつく。しょうがねぇだろ。あれは本当に嬉しかったんだから。

　俺は前かがみになって膝の上に自分の肘を置き、指を組んだ。

「ボーウィッドがさ、最初俺を見た時、敵だって思ったらしいんだ……俺が人間ってだけで」

「それは…………当然の事ではないでしょうか？」

「あぁ……俺もそう思う」

　セリスを見ながらゆっくりと空を仰ぐ。おー今日は満月か。全然気がつかなかったぜ。ここで見る月も、人間の世界で見る月も、大して変わんねぇのな。

「でも、あいつは俺に謝罪してきた。疑って済まなかった、敵だと思って済まなかったってな。信じられるか？　身体《からだ》が震えるくらい自分を責めまくってだぜ？」

「…………」

セリスが真剣な表情で俺の顔を見つめる。その表情からはセリスの心のうちはなんにも読み取ることができない。だが、俺は構わず話を続ける。

「そんな兄弟の姿を見て俺は決意した。ぜってー何とかしてやるってな」

コミュ障が何だ。そんなの障害でも何でもない。デュラハンだって絶対周りとつながりを持つことができる。だって俺はボーウィッドと兄弟になることができたんだから。

「まぁ、完全に手詰まり状態だし、まだなんにも解決策は思いついてないんだけどな！」

「…………できますよ、あなたなら」

「ん？」

「なんでもありません」

なんかセリスがぼそぼそ言ってた気がするけど……。俺が再度聞き返そうとすると、セリスは椅子から立ち上がった。

「もうお話はこれくらいでいいでしょう。やる気を見せてくれるのはいいですが、結果が伴わないとどうしようもありませんからね」

「……わーってるよ」

「わかっているならいいです。さぁ、明日からもビシバシ働いていただくんですから、さっさと身体を休めてください」

「……本当可愛《かわい》げのない奴」

「あなたに可愛いと思ってもらわなくても結構です」

ツンっと振り返ると、セリスは転移魔法の魔法陣を組成する。

「では私はこれで。おやすみなさい」

「はいはい、おやすみおやすみ」

俺が投げやりに返事をするとセリスは無表情でお辞儀をしながら消えていった。はぁ……相変わらず愛想のねぇ奴。

俺は一人でしばらく空を見上げていたが、ゆっくりと立ち上がると、決意を新たに家の中へと入っていった。


翌朝、アイアンブラッドに着くと街の入り口でボーウィッドが待っていてくれた。昨日の約束通り、今日は朝から俺達に付き合ってくれるようだ。俺はセリスとボーウィッドと三人で工場を巡っていく。

今日の俺は昨日までの俺とは違う！　心強い兄弟を得た俺はいわばスーパークロとなったのだ！　どんなに小さなヒントでも見逃すつもりはないぜ！

三人で工場を回り始めてから三時間。

あのー、あれだ。うん、そうそれ。心持ちが変わったからといって、すぐに解決に至るなら誰も苦労しないっていうね。

工場内は毎日が同じことの繰り返し、変わったことなど何一つない。

「……そろそろお昼にしませんか？」

少し疲れた顔でセリスが俺に声をかけてきた。

そら疲れるわな。毎日毎日俺が不毛な時間を過ごしているというのに、セリスは文句ひとつ言わずに後ろについてきている。普段はすぐに俺へのダメ出しをしてくるというのに。

こいつもなんだかんだで俺の事を気遣ってくれてるんだな。昨日も夜遅くまで待っててくれたし。

直接言うのはなんか恥ずかしいから、俺は心の中でセリスにお礼を言った。

「腹ごなししてからまた考えますか。ボーウィッドはどうする？」

そういえば昼時にボーウィッドが一緒にいるのは初めてだな。いつもはセリスが城から持ってきてくれたお弁当を、街にある適当なベンチに座って二人で食べてるし。

「……俺達は……昼飯を食わない」

「そうなのか？　なら昼休憩の時は何してるんだ？」

無趣味全開のデュラハンが休憩時間に飯を食べないとなると、金持ちの屋敷にある甲冑《かっちゅう》の如《ごと》くその場にずっと佇《たたず》んでそう。

「……昼休憩は……ない……」

……………え、まじ？

「午前九時から……午後五時まで……休まず働く……」

わーお、ブラック企業。休みなしはきついって。

ちなみに俺の知っている最高のブラック企業は王国の騎士団。あいつらの勤務時間は午前七時から午前七時まで。二十四時間勤務だぜ！　やったね騎士団、寿命が縮むよ！

「それで不満は出ないのか？」

「不満は出ない……だが……やはり一日二食だと……仕事の途中で……空腹を感じる事が多い…………でもいちいち家に帰ってご飯を作るのは……手間だ……」

そりゃ家に帰んのはめんどくせぇわな。そんなんしないでどっか食べにいけば…ってていや待てよ。この街に飯屋なんかあったか？　見た覚えがねぇぞ？

「兄弟や。一つ尋ねるがアイアンブラッドに食事処《どころ》はないのか？」

「……家で食事できるのに……なぜ外に飯を食べに行く……？」

なるほどな。デュラハンには外で飯を食べるという習慣自体がない。食事をする場所は家であり、一人もしくは家族だけで食べるものだと。確かにコミュ障のデュラハンらしいといえばらしい。

だが、これは光明なのでは？

「何ニヤニヤしてるんですか？　気持ち悪いです」

はん！　今の俺は気分が良いんだ！　セリスの錆《さ》びたナイフじゃなんにも感じないぜ！

だけど変態を見るような目で見るのだけはやめてくれ。効果は抜群だ。

「ボーウィッド！　事務所に行くぞ！　作戦会議だ！」

「……何か良い案を……思いついたのか……？」

あぁ！　この袋小路にも思える問題を打開する事ができるかもしれない秘策がな！


「労働環境の改善……ですか？」

セリスが眉を寄せながら俺の言葉を反芻《はんすう》する。

「そうだ。まぁこの場合は改善というよりは改革かな？　別に今の労働環境が悪いってわけじゃないし」

休みなしでぶっ通しで働き続けてるけどデュラハン達はそれを苦に思っていない。だから人間の俺にはブラックに思えても、デュラハンにとっては普通の職場なのだ。

「具体的には……どう改革する………？」

向かいに座っているボーウィッドが心なしか椅子から身を乗り出している。ボーウィッドもデュラハン、今の仕事の形態に疑問を抱く事がなかったのだろう。興味津々といった様子だ。

「まず一つ目がシフト交代制だ」

「……シフト交代制？」

聞き慣れない言葉にボーウィッドが首を傾《かし》げる。セリスの方は知っているようだが、それに何の意味があるのかまだよくわかっていないようだ。

「あまり複雑にしてもわかりにくいからここは単純にいく。仕事の時間は午前九時から午後五時までってのは変わらない。だけどその間に一時間昼休憩を入れる」

「………昼休憩を……？」

「あぁ。ただし工場の稼働を止めるわけにはいかないから十一時、十二時、十三時の三部に分けるのが妥当だろうな。そのどれかに必ず昼休憩を取ること」

それでもお昼の間は人が減ることには変わりないが、そんな切羽詰まった受注があるわけでもなさそうだし、問題ないだろう。

「そして昼休憩に行く奴《やつ》は自分の仕事を誰かに引き継ぐこと。これを義務付けたい」

今までやっていた自分の仕事を引き継ぐためには嫌でも会話をすることになるだろう。少しずつで良い、工場内で話す機会を増やしてやれば自然と会話も多くなるはずだ。

「話はわかる……だが昼休憩などあっても…………やる事がない……」

たった一時間じゃ家に帰っても飯なんか作ってらんないよな。そこで改革の二つ目。

「工場内に食堂を設ける」

「なっ……⁉　……しかし……誰が食事を……用意するんだ……？」

「これを完全に当番制にしたい。工場で働くデュラハンの中から毎日三人くらいが午前中は工場の仕事をせずにみんなの飯を作る。そして昼休憩に来たデュラハン達にそれを振舞うって感じかな」

「なるほど……」

ボーウィッドが腕を組んで無言で考え込み始めた。

この工場食堂計画を実行すればかなりの頻度で他人と関わるようになる。料理を作る側は当然のことながら何を作るか話し合わなければならないし、誰が何をするかとかも決めなくてはならない。

提供される側も仲間と同じ釜の飯を食えば会話も弾むだろう。ボーウィッドの家で食事をご馳走《ちそう》になった時も、なんだかんだボーウィッドは普段よりも饒舌《じょうぜつ》になっていた……気がする。

「兄弟の……言いたいことはわかった……だけど……シフト交代制は……何とかなるが……食堂は……すぐには実行できない……」

「まぁ、そうだろうな。だがこの案に乗ってくれるんであれば、とりあえず簡易的な食堂を作って、しばらくは俺がご飯を作るぜ！」

「え？　クロ様は料理ができるんですか？」

初耳といった顔でセリスが俺の顔を覗《のぞ》き込《こ》む。そりゃ当然初耳だろうよ。何たって俺自身、自分が料理ができるってのは初耳だ。

「為《な》せば成る」

「……できないんですね」

セリスが呆《あき》れたようにため息を吐《つ》く。できないなんて言ってないだろ！　やったことないだけだ！

「……とりあえず……試験的にやってみたいが……工場で働く者達の……同意を得ねばならない……」

「……確かに筋は通さなきゃな。よし、兄弟！　工場を一つ決めて、仕事が終わったらそこで働く者達を一箇所に集めてくれ！　俺が直《じか》に説明する」

俺の言葉を聞いてしばらく口元に拳を添えて悩んでいたボーウィッドだったが、意を決した様子で俺に顔を向ける。

「……わかった……だが……」

「誰もが兄弟みたいに俺の事をよく思っているわけじゃないって言いたいんだろ？　わかってるよ」

俺の言っていることに賛同しないかもしれない。いやむしろ俺が人間ということで話ら聞かないかもしれない。

ボーウィッドの口から説明した方がデュラハン達も聞く耳を持つだろう。そんなことはわかっているけど、うまくは言えないがこの件は自分の口からデュラハン達に伝えたかった。

ボーウィッドはゆっくりと頷《うなず》くとソファから立ち上がる。

「……この工場で……新しい労働環境を試す……今日の仕事が終わるまで……適当に時間を潰していてくれ……」

そう告げるとボーウィッドは事務所から出て行った。

残された俺だが、なんとなく視線を感じて横に目を向けると、セリスが不安そうな顔で俺を見つめていた。

「しけた面してんじゃねぇよ」

「……ボーウィッドに任せた方が良かったのでは？」

せっかく見つけた一筋の光が、種族の違いというくだらない理由で無に帰す事をセリスは心配しているみたいだ。

俺はアルカにしてやるようにセリスのサラサラなブロンドヘアを撫《な》でてやった。

「ちょ、ちょっと！　何しているんですか!?」

羞恥のせいか、セリスは顔を真っ赤にしながら慌てて俺から距離を取る。そんなセリスに俺はわざとらしくとぼけた表情を浮かべた。

「不安そうな顔してたからな。アルカがそんな顔をしている時に撫でてやると喜ぶから、てっきりセリスも喜ぶかと思った」

からかわれた事に気がついたセリスの眉間にシワが寄ったが、それをほぐすようにこめかみに指を押し付けながら、首を左右に振る。

「まったく……あなたという人は……。心配してもこちらが損するだけですね」

「ようやく気づいたか。お前は嫁の貰《もら》い手《て》の心配だけしてろ」

俺は敢《あ》えて軽口を叩《たた》く。セリスに緊張している事を悟られたくなかった。

そら緊張もするって。どアウェイの状況で行う無謀とも思える改革。意気揚々と秘策と謳《うた》ったが、ここにきてうまくいくビジョンが全く見えてこない。人間の俺が言うことを真摯に聞いてくれる魔族の方が珍しいっての。

でも、そんな弱気な自分をセリスには知られたくなかった。

尤《もっと》も、俺の言葉に何も言い返してこなかったところを見ると、バレバレだった気がしないでもないが。


午後五時。デュラハンの仕事はきちっとしており、時間も正確無比だった。俺は目の前にずらりと並んだ鎧《よろい》の集団を見て思わずごくりとつばを飲み込む。

壮観なんてもんじゃねぇぞ、これ。色んな形や色をしたフルプレートの鎧が何も言わずに俺のことをじっと見ているんだぞ!?　まぁ元々鎧はしゃべらないもんなんだが。これを前にしてブルっちまわないやつがいたら俺はそいつを人間とは認めねぇ!!　だからこの景色を見ても、おそらくヘラヘラ笑っているであろうレックスは人間じゃねぇ!!

俺はチラリと横に立つボーウィッドに視線を送る。ボーウィッドも俺の視線に気がついてこちらに顔を向けるが、口を開く気配はなかった。

あー……こりゃ俺が話さないとダメなパターンだな。本当はボーウィッドに「今日も仕事ご苦労。疲れているところ悪いが急遽《きゅうきょ》集まってもらったのは皆に話を聞いてもらうためだ」的な前口上をしてもらった方が気が楽なんだが。

まぁ贅沢《ぜいたく》を言っても始まらない。兄弟にはデュラハン達を集めてくれたこと、話す機会をくれたことだけでも感謝しなくちゃな。……つーか兄弟はどうやってみんなを集めたんだ？

俺は咳払《せきばら》いをすると、一歩だけ前に出てデュラハン達を見据える。

「今日も一日ご苦労さん。疲れているところ集めちまって悪いけど、今日集まってもらったのは俺の話を聞いてもらうためだ」

うん、思った通り反応なし。やべぇなこれ。思ってたよりずっとハードルたけぇわ。

考えてもみてくれよ。たくさん鎧が置かれている部屋に入れられて、一人でその鎧達に話しかけるんだぞ？　しかも大声で。なんか人として大切なものを失ってる気持ちになるわ。

「俺のことを見たことがあるデュラハンもこの中にはいるだろう。仕事をしている最中に俺が無神経に話しかけたりしていたからな。まーその節はあれだ……うん……大変申し訳ないと思っています」

「なんでいきなり謝っているんですか！」

俺の後ろに控えるセリスに小声で注意された。いや。だってあいつら何も言わずにじっと俺のこと見ているんだよ？　なんか怒ってる気がするじゃん！　無言のプレッシャー感じるじゃん！

俺が目だけでそれを訴えかけると、セリスの目が更に厳しくなる。

「そんな目をしてもダメです。ほら、せっかく集まってくれたんだから、さっさとクロ様の改革を話してください！」

「わ、わかってるよ！」

俺はセリスとのひそひそ話を断ち切り、もう一度デュラハン達に目を向けた。相変わらずの威圧感を前に、俺は最後の手段を行使する。

その名も『野菜の野菜による野菜のための野菜《エブリバディベジタブル》』。

こいつらは野菜だ……育ちすぎた野菜なんだ……ほぉら、だんだんそう見えてきた。あの赤い奴はトマトだろぉ？　緑の奴はピーマンで……あっ、ジャガイモもいるじゃねぇか。

俺は頭の中でデュラハン達を野菜に置き換えながら話を進めていった。

正直、何をしゃべったか思い出せない。多分改革の話をした……と思う。話している最中の俺は、前から四番目にいる金色の鎧を見て、何の野菜にするかで頭がいっぱいだった。金色の野菜なんてパッと思い浮かばねぇよ！　くそが!!

とにもかくにも、俺が考えていることは全部話したはず。後はデュラハン達の反応を待つばかり……ん？　こいつら反応見せるのか？

えっちょっと待って。すっかり忘れてたんだけどこいつらコミュ障だった。そんな奴らがこんな大勢の場で自ら口を開くなんてまねできるのか？　学校の朝礼で校長先生の話が終わった後、校長に意見するようなもんだぞ？　普通の奴でもやらねぇわ！

やべぇよやべぇよ。終わらせ方全然考えてなかった。つーかこいつらの反応を見られないんじゃ俺が前に出てしゃべった意味ある？

冷や汗で服をびしょびしょにさせながら、俺が必死にこの場をどうするか考えていたら、一番前にいた黒い鎧のデュラハンがスッと前に出た。

「……それは……魔王軍の……指揮官としての……命令か…………？」

ん？　何を言っているんだ？

俺が不思議そうな表情を浮かべながら周りを見渡すと、他のデュラハン達も俺の答えが気になっているようであった。

あーそういうことか。そういや俺って結構えらい地位にいる奴だったんだ。なるほどなるほど、上からの命令なら真面目なデュラハン達は黙って従うってことだな。うんうん。

まぁ、そんなのくそ喰《く》らえなんだがな。

俺は黒いデュラハンに不敵な笑みを向ける。

「指揮官とか関係ねぇよ。そしてこれは命令じゃなくて提案だ。こうしたらデュラハン達の仕事っぷりはもっと良くなるんじゃないかって俺なりに考えた結果の、な」

「……提案……」

あー、ボーウィッドと長くいるおかげで、なんとなくデュラハンの表情がわかってきたぞ。あれは完全に眉を寄せて首を傾《かし》げてやがんな。

「そうだ。今俺が話したことを命令されてやってみろ？　今までとなぁんにも変わりやしねぇ。だってそれは命令に従っているだけで、お前ら自身が変わろうとしているわけじゃないんだからな」

そうだ。命令じゃ意味がない。自分達でやってみるかやってみないか選ばないとなんにも始まらないんだよ。

「俺は確かに魔王軍の指揮官だ。それがどれほどえらいのかは知らないが、もしその名に恐れて意見が出せないやつがいるんなら、今すぐそんなもん辞めたって構わない」

つーか辞められるもんなら今すぐ辞めたいんだけど。そうすればアルカと一日中二人で……養っていけなくなってセリスにアルカを取り上げられそうなんで却下。

「だから俺の提案をはねのけてくれても一向に構わない。そうしたら俺はお前らに合った違う案をまた一から探すだけだ」

目の前のデュラハン達がざわざわし始めた。と言っても別に相談し始めたわけじゃなくて、互いに互いの顔を見合わせているから、鎧同士がぶつかり合ってガチャガチャ言っているだけだ。正直うるせぇ。

そんな中、黒いデュラハンだけはまっすぐに俺を見据えていた。

「お前は人間だ……デュラハンじゃない……それどころか…………仲間でもない……」

その言葉を聞いたセリスがピクリと反応し、思わず前に出そうになるのを俺が手で制する。

「ばーか。なんでお前が熱くなってんだよ」

「ですが……!!」

俺がそれ以上何も言わずにセリスの顔を見つめると、セリスは唇を嚙《か》み締《し》めながらゆっくりと後ろに下がっていった。

「悪かったな。続けてくれ」

俺は涼しい顔で黒いデュラハンに向き直る。少し戸惑っているようであったが、それでもこちらから目を離さずに話を続けた。

「仲間ではないお前が……なぜそこまで……俺達のことを考える………？」

ふむ、一理あるな。俺だって人間の世界にいた時に魔族の奴《やつ》がしゃしゃり出てきたらなんか企《たくら》んでんじゃねぇのか？って思うわな。だが、残念だったな黒いデュラハンよ！

俺にはお前達のことで真剣に悩む明確な理由があるんだぜ！

「決まってるだろ？ダチのためだ」

おー狼狽《うろた》えてる狼狽えてる。黒い奴だけじゃなくて、他の奴らも困惑しているみたいだな。

俺がチラリと視線を向けると、兄弟は力強く頷《うなず》き返してくれた。それだけで今の俺の身体《からだ》に力が滾《たぎ》る。

「俺には兄弟とも呼べるくらい大事なデュラハンのダチがいるんだ。そいつのために何かしてやりたいって思ったから、無理を承知でこんな提案してるんだよ。意外とシンプルな理由だろ？」

俺は黒いデュラハンに笑いかけた。自分のことながらものすげぇ単純な理由だな、おい。

なんかドヤ顔で言ったのがちょっと恥ずかしくなってきたぞ。

「デュラハンの……ダチ……？」

黒いデュラハンが呆気《あっけ》に取られている。そんなにデュラハンの友達がいるのが驚きか？

だが残念、その正体は教えることはできませーん。

「……まぁ、魔族にとって敵である人間と仲良くしてるってのは色々と問題になりそうだから、兄弟の名前を言えないのが心苦しいが仕方が──」

「俺だ」

ボーウィッドが堂々とした足取りで前に出てくる。

ちょっと!?　ボーウィッドさんなにしてんの!?　どう考えてもそれはまずいでしょ!?

お前はこの街の長なんだぞ!?　そんなやつが人間と仲良くしてちゃ面子《メンツ》丸つぶれだぞ!?

「……首長……」

黒いデュラハンがボーウィッドに鋭い視線を向ける。やばいってこれ。ボーウィッドが立場を失ってこの街で生きていけなくなる。………そうしたらフェルに頭下げてアニーさんも一緒に、城の中庭に住まわせてもらおう。

「……クロ指揮官は……俺の大切な友人だ………だから……俺からも頼む……」

ボーウィッドが直立不動の姿勢からゆっくりと頭を下げた。

「……工場を……街を……より良いものにするため……力を貸してくれないか……？　……これは……首長命令では……ない……」

ボーウィッド……お前。

俺はボーウィッドの隣に立つと、同じように頭を下げた。

「デュラハンにはもっと可能性がある！　試すだけでもいい！　合わなかったらすぐに止《や》めてもいい!!　少しの間だけ俺の……俺と兄弟のわがままに付き合ってくれないか？」

静まり返る工場内。俺もボーウィッドもひたすら頭を下げ続けている。

「……俺は……構わない」

その言葉に反応した俺が頭を上げると、黒いデュラハンは出口に向かって歩き出していた。それに呼応するかのように他のデュラハン達も俺に向かって頷き、工場を後にしていく。

「受け入れられた……のか？」

俺は去っていくデュラハン達の背中を茫然《ぼうぜん》と見つめていた。そんな俺の肩にボーウィッドが優しく手を置く。

「やったな……ギッシュが認めるとは……驚きだ」

「ギッシュ？」

「黒いデュラハン……ここの工場長だ……」

あいつが工場長か……確かに貫禄《かんろく》あったな。ってか黒い鎧《よろい》ってかっこいい。

「お疲れ様です」

セリスが柔和な笑みを俺に向けた。俺は顔を引《ひ》き攣《つ》らせながら思わず後ずさりをする。

「……なんですか、その反応は？」

「いや俺はセリスにそんな顔向けられたことないから……アルカにはよく向けているの見たことあるけど」

「はぁ……あなたは……。本当余計なことばかり言う口ですね……」

セリスにジト目を向けられ、俺はニヤリと笑う。

とりあえずスタートラインに立つことはできた。だけどこの改革がうまくいくかは明日の頑張り次第。デュラハンコミュ障脱却作戦、開始だ!!


翌日早朝、俺は腕を組み、黒いコートをなびかせながら決戦の地を睨《にら》みつけていた。

アルカのことはセリスに任せ、早々に家を出てきた俺はボーウィッドに許可をもらった工場の一角に簡易食堂を作るべく、構想を練っていた。アルカと朝食を食べ終えたら来るってセリスが言っていたから、どうせならあいつが来た時にあっと言わせるような感じにしたいぜ。

とはいっても大したものができるわけじゃないんだけどな。とりあえず昨日のうちにセリスから受け取り、空間魔法に収納していた道具を一通り出してみる。

あるのは木の長机が二つと椅子が二十脚。机をおいて左右均等になるようにいすを並べる。食べるところはこんなもんでいいか。

続いて料理する場所。ボーウィッドが突貫工事で魔道蛇口とシンクを用意してくれたので、そこに食器と魔道コンロを設置。うん、これで調理器具を並べて完成。

……えっ？　こんな早く出来るの？　どんな感じにするかめちゃくちゃ悩んでたんだけど。

いやいやいや、本番は料理だ。俺がここに来たときは誰一人としていなかったはずなのに、すでに工場が稼働している音がする。こんな簡単な食堂を作るのにどんだけ時間かかってんだよ！　さっさと作り始めなければ第一陣が来てしまう！

とにかく食材の確認だ！　えーっと……これは玉ねぎでこれはジャガイモ……んでこれは肉？　なんの肉だこれ？　あとは塩に赤い調味料、黒い液体の調味料に透明な調味料と薄い黄色い調味料……って調味料ってこんなにあんのかよ⁉　塩だけじゃないの⁉　つーかなんで干からびた昆布が入ってんだよ⁉　あれか？　セリスの嫌がらせか？

まぁなんにせよ作ってみないことには始まらない。この玉ねぎを切って……うおっ！　この包丁スゲーな！　流石《さすが》はボーウィッドからもらったデュラハン印の包丁なだけはあるぜ。全く抵抗なく野菜が切れる。

野菜は生でもいけるが、それじゃあ料理とは言わねぇぜ！　とりあえず野菜炒《いた》めでも作ってみるか。フライパンに切った野菜を入れて、味付けはそこら辺にある調味料を片っ端から入れて、後は野菜に火を通すだけで簡単に……。

なんか黒い塊ができた。

うーん……これ食べれんのかな？　まぁ、元は野菜なんだから食べれるだろ。とりあえず味見を……苦っ‼　まずっ‼　そして痛い‼

「……なにやっているんですか？」

あまりのまずさに床にのたうち回っている俺を呆《あき》れたように見つめるセリス。俺は慌てて立ち上がり、水を一気飲みする。

「……死ぬかと思った。ってセリスその格好……」

セリスはいつものワイシャツとタイトスカートのビジネスルックの上に、フリフリがついたピンクのエプロンをつけていた。

まな板の上にある形も大きさもバラバラな野菜を見て、大きくため息を吐《つ》く。

「こんな事だろうと思いましたよ……料理は私達が担当しますから」

「私達って……あれ？　アニーさん？」

セリスの後ろに見覚えのある黄色いデュラハンが立っていることに今更になって気がついた。

「……指揮官様は……私達のために……頑張ってくださっているので……私も……微力ながら……お手伝いします……」

アニーさん……ほんまええ奥さんや。アニーさんがいるなら百人力だぜ!!

「食材はあるので何でも作れます。なににしますか？」

「……そうですね……提供する時間を考えて……炒飯《チャーハン》とスープにしましょうか……」

「わかりました」

二人が並んでシンクの前に立つ。少ない言葉で役割分担をし、料理作りを開始した。

完全にお役御免となった俺なんだけど、セリスの手際の良さに思わず見とれてしまった。

あの手のタイプの女性は絶対に料理ができないと思っていたのに……。料理もできて、認めたくはないが、すこぶる美人のセリスに恋人ができない理由……やはり性格に難があるということでしょうな。

俺がうんうん、と一人で納得したように頷いていると頭にフライパンが飛んでくる。

「痛っ!!」

「すいません、手元が狂いました」

「手元が狂ったってお前……!!」

「次変なこと考えてたら野菜を切っている手が滑りますからね？」

こわっ!!　エスパーかお前は！　完全に俺の心を読んだだろ!!

ニコニコ笑みを向けているセリスであったが、目だけは全くという程笑っていなかった。

命の危険を感じた俺は黙って二人の調理を眺めることにする。

あっという間に大量のチャーハンと野菜スープが出来上がっていき、あたりにいい匂いが漂い始めてきた。これならデュラハン達もゴキブリホイホイよろしく、思わずこの場に集まってきちまうだろ。

これで肝心な料理は出来上がり。後はデュラハン達を待つだけだ!!

「……来ませんね」

「……そうだな」

時刻は十一時十五分。最初の昼休みが始まっているというのに、誰かが来る気配は一切ない。セリスは工場へと続く通路を見つめながら、小さくため息を吐いた。

この場所は工場の出入り口とは真逆の位置にある。これは俺がボーウィッドに言って意図的にそうしたのだ。

昼休みに外に行きたい奴もいるだろ？　入口の方に食堂を作っちまうと外に出づらくなっちまうからな。デュラハン達にはあくまで自分の意思でここに来て欲しいんだ。

さて、そろそろか……。

俺は何も言わずに席から立ち上がった。セリスが不思議そうに顔を向ける。

「クロ様？　どうしたんですか？」

俺は何も答えずに通路を見つめる。セリスは俺の視線を追っていき、何かに気がついたようで「あっ……」と小さく声を上げた。

「最初のお客さんが工場長とはな」

そこに立っていたのは黒い鎧の工場長、ギッシュ。こちらに近づくことはせず、まるで値踏みをするように俺が作った食堂を眺めている。

「俺は……客じゃない……確認しに来ただけだ……」

かー、良い声してんねぇ。デュラハンってのはどいつもこいつも渋い声じゃなきゃいけないルールでもあるのか？

俺はゆっくりとギッシュの方へと歩み寄る。

「確認ってのは料理の味をか？　匂いで大体わかるだろ」

とはいうもののデュラハンって嗅覚あんのか？　味覚はあるっぽいからあるとは思うけど。

「そんなことを……確認しに来たのではない…………それくらい……わかっているだろ……？」

「まぁ……そうなるわな」

俺はギッシュの目の前で立ち止まった。二人の距離はおよそ一メートル。ギッシュが俺の顔を凝視しているのを感じる。

「みんな戸惑っている……変なたくらみの……おかげでな……」

「変なっていうのは心外だな。労働改革って言ってくれ」

「お前が……仕事中の俺達に話しかけていたのは……知っている……目的はなんだ……？」

目的、目的かぁ…。いつの間にかボーウィッドのためってのが目的になっていたが最初はそうじゃなかったよな。

「まぁ簡単に言っちまえばデュラハン達が会話するようになるってのが目的かな？　工場内が静かすぎて怖いんだよ」

「……俺達に……言葉は不要だ…………武器を作るのに……会話など必要ない……」

「ほー……それで本当にいい武器が作れるのかね」

「……なんだと……？」

ギッシュの視線が鋭くなる。そんな目で見ても無駄だ。事実なんだからな。

「確かギッシュは剣を作る場所にいたな……お前は剣が好きなのか？」

「……あぁ…………それがどうした……？」

だよな。腰に差している剣もかなり手入れが行き届いていやがる。

「だから剣を作る仕事をしているのか？」

「……そうだ……好きなものを作ることが……いい武器につながる……」

「なるほどな」

その言葉が欲しかった。

「同じ剣を打つ仕事をしている、あの青い鎧のデュラハンをよく見ているよな。素人《しろうと》の俺から見ても、あいつはギッシュに比べてまだまだ修行が足りないって気がしたよ」

「マルスは……まだ若手だ…………これからどんどん上手《うま》くなる……」

「へー、マルスっていうのか。……で？　あいつは剣が好きなの？」

「…………」

ギッシュが黙り込む。

ボーウィッドの話では、どのデュラハンが何の武器を作るのかは上の立場の者が、そのデュラハンの鎧の形状から判断して決めているらしい。なるほど、それでその職場に順応する奴《やつ》もいるだろう……当然合わないやつも出てくる。

「なんだ、答えられないのか？　好きな武器を作る方がいいんだろ？　ってことは当然、マルスは剣が好きだよな？」

「…………」

答えられないよな。聞いたこともないことだろうし。俺はニヤっと小さく笑うと、ギッシュの方にドヤ顔を向けた。

「知っているか、ギッシュ。マルスは盾が好きなんだ」

「…………!?」

ギッシュの兜《かぶと》が驚愕《きようがく》にガチャンと揺れた。いやドヤ顔にもなるだろうよ、これを聞き出すには本当に骨が折れたぜ。なんとなく剣づくりに集中していないから、おかしいと思って隙を見て話しかけたんだけど、盾が好きだと聞くのに三時間もかかったからな……あれはマジで辛《つら》かった。

「言葉はいらないって言ってたけど、俺はマルスからその言葉を聞かなければその事実はわからなかったぞ？」

「…………」

「それにお前だって俺と話したからその事実に気がつけたんだろ？」

「……なるほどな……」

ギッシュが何かを考え込むように下を向く。……もう腹の探り合いはいいだろ？

「なぁ、ギッシュ……いいかげん本音で話せよ」

「……なに……？」

「お前には会話の必要性が理解できているはずだ。じゃなきゃ、俺の所に会話しに来たりなんかしねぇだろ？」

「…………」

「お前がひっかかってんのは改革の内容じゃねぇ……改革の発案者が俺ってことだ」

そう、これが一番の問題。会話の重要性を知りながらも、素直にこの改革に乗らない理由。つまりセリスが危惧していたことが当たっちまったってことだな。

「…………隠していても……仕方がなさそうだな」

ギッシュが静かに腰の剣を抜くと俺の顔の前に向けた。俺はセリスが飛び出してこないか冷や冷やしたが、なんとか堪《こら》えているみたいだった。事前に、何が起きても手を出すな、と言い聞かせておいて正解だったな。

「……人間は……俺達魔族に絶望を与えてきた…………この工場にも……家族を人間に殺された者達が……数多く存在する……」

俺は何も言わずにギッシュの顔を見つめる。

「……たとえ俺達のためとはいえ……そんな人間が考えた策に……手放しで乗ることなど…………できるわけもない……」

「…………」

「お前は……指揮官という立場など……関係ないと言った…………なら俺も……遠慮なしに言わせてもらう…………俺達を従わせたいのなら……誠意を見せろ……！」

「誠意、ねぇ……具体的には？」

俺が尋ねるとギッシュは持っていた剣をゆっくりと持ち上げ、両手で構える。

「……腕一本だ……」

後ろでセリスが息を呑《の》む気配がする。頼むからもう少し大人しくしていてくれよ。

「わかった。やるよ」

「クロ様っ!!」

あー……限界だったか。セリスが俺とギッシュの間に割って入ってきた。

「ギッシュ！　このお方は魔王様が任命された魔王軍の指揮官なんですよ!?　そんな彼に刃《やいば》を向けるとは――」

「セリス」

今まで聞いたことのないような声色に、セリスはビクッと身体《からだ》を震わせながら、こちらに振り向いた。そんな顔で俺を見るなよ。手を出すなって言ったのに出てきたお前が悪いんだ。

「指揮官として命ずる。下がれ」

「ク、クロ様……!?」

「下がれ」

有無を言わさぬ口調で告げると、セリスは顔を歪《ゆが》めながらおずおずと後ろに下がる。それを確認した俺は苦笑いを浮かべながら、ギッシュに向き直った。

「悪かったな。一応、俺の秘書なんで俺を守るのも仕事なんだ。許してやってくれ」

「…………お前……」

「さぁ、さっさとやってくれ」

俺は何の躊躇《ちゅうちょ》もなく右腕を前に突き出す。ギッシュはまだ俺を吟味しているようであった。

「…………本当にいいのか……？」

「いいわけねぇだろうが。でも、他に選択肢がねぇから仕方なくだよ」

まぁ腕一本ぐらいで兄弟の悩みが解決できるんなら安いもんだ。腕がなくなったらどうすっかな……兄弟に言ってブレードが射出する義手でも作ってもらうか！　兄弟なら喜んで作ってくれんだろ！

「その代わり約束しろよ？　俺の腕斬ったら、ちゃんとみんな連れて仲良く飯食え。せっかくアニーさんと……出来の悪い俺の秘書が作ったんだ。残したりしたら容赦しねぇ」

「…………本当に……面白い奴だ……………」

少しだけ笑いながらギッシュが剣を握る手に力をこめたのを見た俺は静かに目を閉じる。いや、流石《さすが》に自分の腕が切られるところは見たくないでしょうが。結構なトラウマもんだぞ、多分。

ギッシュは慎重に間合いをはかると、そのまま勢いよく剣を振り下ろした。

……………………ん？　斬れたか？　なんか全然痛くなかったけど。

俺がゆっくりと目を開けると、ギッシュの剣が俺の腕のほんの少し上で止められていた。

「……お前の……いや、指揮官殿の覚悟……しかと見届けた」

「……いいのか？　まだ腕くっついてんぞ？」

「……指揮官殿の腕など斬っていたら……せっかくの美味《おい》しそうな料理を……食べ損ねてしまうからな……そうだろ……お前達……？」

うわっ！　なんか鎧《よろい》の集団がこっちにやって来る⁉　ホラー再び‼　ぞろぞろやって来たデュラハン達は、次々と俺のところまでやって来ると頭を下げてくる。中には「……疑って……申し訳ない……」と少ない言葉ながら話しかけてくるやつまでいた。

「俺のことはいいからさっさと料理をもらいに行けっての！　昼休み終わっちまうぞ⁉」

俺の言葉に反応したのか、デュラハン達が一斉にアニーさんの所へと群がる。

急に忙しくなった食堂だが、アニーさんが一人で淡々とデュラハン達を捌《さば》いていった。って一人？　あのダメ秘書はどこ行った？

「……クロ様？」

ぞくっ……‼　信じられない殺気を放っている何かが背後にいる……。俺は恐る恐る振り返ると、素敵な笑みを浮かべたセリスの姿があった。あっ俺、今日死ぬかも。

「随分勝手な行動をなさいましたね」

「いやだってあれは――」

「はい？　何か言いたいことでも？」

「いえ……すいませんでした……」

あまりの恐怖にセリスの顔を直視などしていられずに、俺は顔を下へと向けた。そんな俺の腕にセリスはゆっくりと手を伸ばすと、コートの袖をそっと摑《つか》む。

「あんまり無茶《むちゃ》をしないでください……。あなたに何かあったら、私はアルカになんて説明すればいいのですか……？」

セリスの手は震えていた。……ちょっとやんちゃが過ぎたかな。

「……悪い」

「……反省してください」

少し怒ったような顔でセリスが俺の目を見つめる。……こいつには極稀《まれ》に、本当に奇跡みたいな確率でドキッとさせられるから困る。

「とりあえずは上手くいったってことでいいのかな？」

「はい……お疲れ様です」

「おう。……俺達も手伝いに行くか！」

「そうですね！　アニーさんだけに負担はかけられません！」

俺達は急いでアニーさんの助っ人《すけと》に入る。いつの間にか第二陣の休憩組も姿を現し、俺達大忙し！　っていうか俺は空いた皿を片づけたり、配膳したりするだけだから実質忙しいのはセリスとアニーさんのお二人。いやー二人が手伝いに来てくれてマジ助かったわ。

そんなこんなで第三陣の休憩組もなんとか終わり、俺達の食堂初日は大盛況のうちに幕を下ろした。


「……上手くいったみたいだな……」

俺達が一息ついていたところにボーウィッドが姿を現す。うーん、黒もいいけどやっぱり白銀の甲冑《かっちゅう》もかっこいいな。

ボーウィッドが俺の目の前に座ると、すかさずアニーさんがボーウィッドの前にお茶を置いた。相変わらずの良妻っぷりに感動します。

「初日はこんなもんだ。まだまだこれからだな」

「……期待しているぞ……兄弟……」

二人で静かにお茶をすする。……うまい。

今日の食堂ではちらほら会話する声も聞こえた。でもまだまだ全然足りない。明日は俺からも話を振ってもっと会話させてやる。コミュ障どもよ、覚悟しとけよ!!

第5章　俺が新たな目標を見つけるまで

アルカの名前はアルカ。

魔族の悪魔、その中でも「めふぃすと」って種族なの。

アルカはまだ種族とかよくわからないんだけど「めふぃすと」は魔法が得意なんだって。

ルシフェル様も新しいパパもアルカの魔法陣を見ていっつも褒めてくれるんだ。でも、二人の魔法陣は凄《すご》すぎてアルカなんて足元にも及ばない。いつか二人と同じくらい魔法陣が上手《うま》くなりたいなぁ……。

アルカの新しいパパ……本当のパパとママは悪い人達に殺されちゃった。

とっても悲しくて、とっても辛《つら》くて……あの時はもう生きていくのがどうでもよくなっちゃったな……そんなアルカを助けてくれたのがあの二人。

でも、面と向かうとなんでか「パパ」と「ママ」って上手く呼べないの……心の中では二人はアルカのパパとママなのに……アルカは悪い子なの。

新しいママは本当に美人！　アルカはあんな奇麗な人初めて見た！　とっても優しくて、いつもアルカを膝にのせて頭を撫《な》でてくれる。なんかふわふわして温かくて、アルカはその時間が大好き！

　今のパパとママも、本当のパパとママと同じくらいアルカを大切にしてくれてる。だから、最初のうちはあれだったけど、今はちっとも寂しくない！

最近はお仕事が忙しいみたいで前みたいに一緒にいる時間が少なくなっちゃったけど、全然平気！　夜になったらパパとママが帰ってきてたくさん甘えられるから！

……でも、やっぱり二人が帰ってくるまでは少しだけ寂しい。

今日も二人は朝ご飯を食べたらすぐにお仕事に行っちゃいました。

パパとママが行っているのは「あいあんぶらっど」って街らしいんだ。大きな建物がいっぱいあって、鎧さんがたくさんいるんだって！　動く鎧さんとかアルカ見てみたい！

仕事がひと段落したらアルカの事を連れて行ってくれるってパパが約束してくれたからすっごい楽しみ！　早くお仕事終わらないかなー。

二人が出て行ってからやる事が無く、ずっと布団の上でゴロゴロしていたアルカにも流石に限界がくる。

「うーん……なんか飽きてきちゃったな。ルシフェル様の所に行こうかな？」

そう呟《つぶや》くとベッドからむくっと起き上がり、足早にリビングを横切ろうとしたアルカはテーブルの上に二つの包みがあることに気がついた。

「あれは二人のお弁当……忘れて行っちゃったのかな？」

トテトテとテーブルに近づきお弁当を手に持ちしばらく思案顔を浮かべる。

「そうだ！　アルカがお弁当を届けてあげよう！」

そうしたら、もっとあの二人と仲良くなれるかもしれない。

そう考えるといてもたってもいられなくなったアルカは大事そうに二つのお弁当を両手で抱えると、魔王城の方へと走って行った。


「えっ、アイアンブラッドの場所？」

アルカがやって来たのは魔王城の給仕室。アルカの目の前には黒と白のメイド服を来た若い魔族の女の子がいた。

「うん！　マキちゃんなら知っていると思って！」

「そりゃ知ってるけど、聞いてどうするの？」

マキが訝《いぶか》しげな表情を浮かべながら、アルカを見る。その返答にアルカは窮していた。クロ達から城から出てはいけないと言われてることをマキは知っているため、迂闊《うかつ》なことは言えない。

「アルカはいつも二人にいただきますをしてるの！　だから、二人がいる方向がわからないといただきますができないの！」

いまいち意味がわからない理由にマキは目を白黒とさせた。

「うーん……子供の考えていることは全然わからん！　まぁでもそういうことなら」

そう言うと、マキは苦笑いをしながら森の方を指さす。

「アイアンブラッドの街は魔王城から見てちょうど北東にあるよ！　アルカの小屋からそのまま右側を向けばいいかな……右はわかる？」

「お茶碗《ちゃわん》を持つ方！」

「……アルカはサウスポーだったね！　その通りだ！　えらいぞ！」

マキに褒められ、嬉《うれ》しそうにアルカは笑う。だが、なんとなく騙《だま》しているような気がして、その笑みはぎこちないものへと変わった。

「ありがとうマキちゃん！　これでいただきますできるの！　それじゃあね！」

逃げるようにパタパタと音を立てながら走り去っていくアルカの背中を見ながらマキは首を傾《かし》げる。

「なんでアルカはお弁当を二つも持っていたんだろ……？」

うーん、と唸《うな》りながら頭をひねるが答えは出そうになかったため、マキは気を取り直して自分の仕事に戻った。


「あっ……」

今日の料理はパスタを大量に仕入れて来たので、トマトをふんだんに使ったペスカトーレ。それを調理していた最中、セリスが間の抜けたような声を上げる。

「ん？　どうした？」

隣で野菜を切る練習をしていたクロがその声に反応し顔を上げた。

「お弁当を忘れました……」

「よし、俺に任せろ。すぐにとって来てやる」

すぐに包丁を置いてこの場から立ち去ろうとするクロを、セリスは怖い顔で睨《にら》みつける。

「ダメです。あなたは家に帰れば確実にアルカと過度なスキンシップをはかりますからね。すぐに帰ってこないことは目に見えています」

「ぐっ……」

完全に図星であったようでクロは悔しげにセリスを見ながら口をつぐんだ。

セリスはエプロンを外すと、今日も手伝いに来てくれているアニーに申し訳なさそうに向き直る。

「アニーさん、すみませんが少しだけ外してもいいでしょうか？」

「……大丈夫です……私のことは気にせず………行ってきてください」

「ありがとうございます」

セリスはお礼を言うと恨めしそうにこちらを見ているクロを無視して、さっさと転移魔法で小屋へと戻った。


小屋に着いたセリスは、早速お弁当が置いてあるであろうリビングへと向かう。しかし、リビングのテーブルの上には何も置かれていなかった。

「おかしいですね……アルカなら場所を知っているでしょうか？」

セリスがアルカとお弁当を探して家の中を駆け回る。が、どちらも一向に姿を現さない。

なんともいえない不安感がセリスに襲いかかる。

「……城にでも行っているのでしょうか？」

胸騒ぎを抑えつつ、セリスは小屋を出て足早に魔王城の中へと移動した。

城の中は清掃タイム中なのか、かなりバタバタしていた。そんな中、セリスはアルカの姿を探していると、見知った顔が目に入り、声をかける。

「マキさん」

「あっセリス様！　どうかされたんですか？」

マキは箒《ほうき》で床を掃く手を止め、セリスに笑顔を向けた。明るい性格で有名な女中のマキは誰にでもフレンドリーな態度で接する女の子。そのため、城にちょくちょく遊びに行っていたアルカととても仲がいい事をセリスは知っていた。

「お忙しいところすみません。アルカを見ませんでしたか？」

「アルカ……ですか？　朝に一度見たきり見てないですね」

「そう……ですか」

マキならば何か知っているのではないか、と思っていたセリスは困り顔で自分の頰《ほお》に手を添える。そんなセリスにマキが心配そうな目を向けた。

「アルカに何かあったんですか？」

「何かあったっていうわけじゃないんですけど……」

セリスが微妙な表情で言葉を濁す。この胸に渦巻く不安をマキにうまく説明することができない。

「今日はお弁当を忘れてしまって、それを取りに戻ってきたら姿が見えなかったんです。なんとなくそれが気になってしまって……」

「お弁当……」

「クロ様に心配症だって注意しておきながら私も人のこと言えませんね。お忙しいところを邪魔して申し訳ありませんでした」

「ま、待ってください！」

踵《きびす》を返そうとしたセリスをマキが慌てて呼び止めた。

「なんでしょうか？」

「朝、アルカがあたしに会いにきた時お弁当を二つ持っていました！」

「えっ？」

「それにあの子、あたしに変な事を聞いてきたんです！　アイアンブラッドの場所はどこかって！」

「それって……」

セリスの頭の中が真っ白になる。なぜか二つ持っていたお弁当、そしてマキに尋ねた私達の居場所。この二つから導き出される答えをセリスは恐ろしくて考えられなかった。

「どうしよう……あたしが軽はずみにアルカの質問に答えちゃったから……」

マキもセリスと同じ結論に至ったのか、身体《からだ》をぶるぶると震わせている。セリスはそんなマキの肩に優しく手を置いた。

「マキさん……あなたは何も悪くはありません。気に病む必要はないですよ」

「セリス様……」

マキが泣きそうな顔でセリスの目を見つめる。セリスは穏やかに笑いかけると、その表情を真剣なものにした。

「お願いがあります。至急この事をルシフェル様にお伝えください」

「は、はい！　……セリス様はどうされるんですか？」

「私は一足先に森に向かいます」

「えっ⁉　でも……」

「お願いしましたからね」

セリスは念を押すと脱兎《だっと》の如《ごと》く城の中を駆けて行く。マキは箒を放り投げると、急いでルシフェルのいる魔王の部屋まで走って行った。

改革を始めて一週間が経《た》ったが、今日もいい感じにデュラハン達が来ているな。初日とは違い、十一時になった瞬間、この食堂に集まって来るようになったし、いい傾向だ。

それにしてもセリスのやつ遅いな……アニーさんがめちゃくちゃ大変そうじゃねぇか。

お弁当を取りに行くと言ってここから離れてから、結構な時間が経つがセリスはまだ戻らない。結局、アニーさんと俺の二人で十一時休憩組の相手をしなくちゃならなくなった。

あいつ……俺に何だかんだ言っておきながらアルカと楽しくやってんじゃねぇだろうな？　それは万死に値する裏切り行為ぞ？

俺がフラストレーションを溜《た》めながら配膳していると、突然場の雰囲気が変わった。明らかにデュラハン達がピリピリと緊張している。

「ん？　なんだ？」

俺はデュラハン達の視線の先を見て、こんな雰囲気にした元凶を見つけた。

そこに立っていたのは黒いマントをはためかせた、魔王ルシフェル。転移魔法によって現れた魔王は、その名にふさわしい威厳を醸し出し、堂々とした態度で俺達の前に……。

いや大仰な登場してんじゃねぇよ！　いい感じに場が和んでるってのに余計なことしやがって！　こんなん騎士達が談笑しながら飯食ってるとこに、一国の王が顔出すようなもんだぞ？　料理の味がわからなくなるわ！

フェルはデュラハン達には見向きもせず、真《ま》っ直《す》ぐに俺のところに寄ってきた。その顔はいつもの人をおちょくるようなものではない。……なんかあったのか？

俺は目の前に立つフェルに対して膝をつきこうべを垂れる。デュラハン達の手前、一応忠誠を示すふりはしておかないとな。

「これはこれは魔王様、このようなところにいらして一体どうされ——」

「アルカがいなくなった」

「…………はっ？」

えっ、今こいつなんて言った？　なんかいつになく真面目な顔してバカな事を口にしたような……。

「城の中を隈《くま》なく探したけど見つからない。おそらく森に入ったんだと思う」

気がつけば俺は立ち上がり、フェルの胸倉を摑《つか》んでいた。周りにいるデュラハン達が狼狽《うろた》えているが、そんなのは関係ない。

怒りで我を忘れている俺の目をフェルはしっかりと見据える。

「完全に僕の落ち度だ。ごめん」

冗談など一切ない表情で、俺から視線をそらさずにフェルが謝罪した。そんなフェルの顔を見て俺は冷静さを取り戻す。ゆっくりとフェルから手を放すと、視線を下に向け頭をかいた。

「いや……お前のせいじゃねぇよ。アルカを一人っきりにしたのは俺だ。だからこれは俺の責任」

くそっ！　こんなことならアルカも一緒に連れてくればよかった！　初めての場所ならいざ知らず、ここならアルカを連れてきても何の問題もなかっただろうに。ボーウィッドも絶対に認めてくれる。

「責任の所在は後でいいね。今はとにかく時間がない。アルカが森に入ったのは君達の所に行くためだ」

「なんでだ……って聞きたいところだが、それを知ったところでアルカが森にいることには変わりない」

「そうだね。今の状況を説明するとセリスが先行して森に捜索に出ている。本当は城の者達も向かわせたいんだけど、あの森は普通の魔族じゃ生きては出られない」

セリスがなかなか戻らなかったのはアルカを探しに行っていたからか。っていうか魔族が生きては出られない森ってお前……。

「……なにがいるんだ？」

「ドラゴンだよ。人間達の侵入を阻むために、あそこはドラゴンの巣窟となっている」

最悪だ。よりによってドラゴンかよ。しかも巣窟って。

ドラゴンは魔物の中でも上位に君臨する強さを誇っている。その危険性ゆえ、ドラゴン討伐の依頼が冒険者ギルドにやって来ると、Ｂランク以上の冒険者に受注が限られるほどであった。

「……状況はわかったね。クロは森に行ったことがないから、僕が適当に転移魔法で森まで飛ばす」

「あぁ……わかった」

緊急事態なんだ。俺の家族が危機に瀕《ひん》している。俺はこちらの様子を窺《うかが》っているデュラハン達に頭を下げた。

「みんなすまねぇ。……言い出しっぺの俺がこの場を離れるなんておかしいと思うけど……俺の娘が危ないんだ」

アルカを危険にさらし、デュラハン達の改革も中途半端。なにやっているんだ俺は。こんなにも自分に怒りを覚えたのは初めてだ。自分で自分をぶん殴ってやりてぇ。

そんな俺を見かねたのか、黒い鎧《よろい》のギッシュがおもむろに立ち上がった。

「……指揮官殿……早く行け…………元々ここは……俺達デュラハンが当番制でやるはずだった…………だからここは俺達とアニー殿に任せろ……」

「……すまねぇ!!」

俺はギッシュの心意気に感謝する。そんなギッシュに賛同するように他のデュラハン達も立ち上がり、アニーさんの手伝いにまわり始めた。まったく……本当お前らデュラハンはいい奴《やつ》らばっかだよ。

「話はついたみたいだね。飛ばすよ」

「頼む」

俺は短く返事すると、フェルの転移魔法により、一瞬で森へと移動した。

俺はゆっくりと深呼吸しながら森を一瞥《いちべつ》する。これは……今まで気がつかなかったけど、やべぇな。王都の付近にあった森なんて目じゃないくらいの殺気が満《み》ち溢《あふ》れてやがる。おそらく王都の森《あそこ》とは生き物の格が違うんだろうな。

っと、こんな悠長に森について考察している場合じゃなかった。早急にアルカを探さなければ。でもどこに行ったらいいいんだ？

森は育ちすぎた木によって光が遮られており、昼間だというのにかなり薄暗かった。こんな森に一人でなんて……。

俺は逸《はや》る気持ちを抑えつけ、とにかく森の中を探しまくるしかない、と意気込み、駆け出そうとした瞬間、手に何かが握られる。

「えっ？　アロンダイト？」

それはフェルからもらった漆黒の剣だった。俺の身体の中にあるはずだろ？　なんで出てきた？　俺は呼び出していないぞ？

アロンダイトが戻るように頭に念じても、変わらずアロンダイトは俺の手に握られている。くそっ！　剣に構ってる暇なんかねぇのに！　もうアロンダイトを持ったまま探しに行くしか……!!

不意に手に違和感を感じ、アロンダイトを握る手に目を向ける。なんだ？　なんか誰かに引っ張られているような感覚があるぞ？

「まさか……お前……」

俺の周りには誰もいない。であれば俺の手を引っ張っているのはただ一人、いや一本。

こうなりゃオカルトでも何でも縋《すが》ってやるぜ！

「アロンダイト！　俺をアルカのところまで案内しろ!!」

俺の言葉に呼応するように俺の手を引っ張る力が強くなるのを感じた。もうアロンダイトを信じる以外に道はない。待ってろアルカ!!　今すぐに迎えに行くからな!!

走る走る走る……。一心不乱に薄暗い森の中を駆け抜けていく。自分に襲いかかってくる魔物に目もくれず、ウェーブのかかった美しい金髪が乱れるのを気にも留めずに、セリスはアルカを探し求めて走り続ける。

「はぁ……はぁ……アルカ……どこですか……!?」

息も絶え絶えになりながら、返事がないとわかっているのに呼びかけずにはいられない。限界だ、と足が悲鳴を上げていても動かさずにはいられない。

セリスはアルカの姿を見つけることだけに意識を集中させる。でなければよくない光景が次々と頭に浮かんできて、その重圧に押しつぶされてしまいそうであった。

「アルカ……無事でいて……!!」

セリスは走りながら右手をギュッと握り自分の胸に添える。それは神に祈りを捧《ささ》げるポーズ。神など信じていないセリスであったが、それでアルカが助かるなら、とまさに藁《わら》にもすがる思いであった。

突然、視界の端に大きなモノが動く気配を感じ、セリスは咄嗟《とっさ》に近くの大木に身を隠す。

それまで完全に魔物のことを無視していたセリスの頭に警鐘が鳴り響いた。

セリスは木の陰から少しだけ身を乗り出し様子を窺《うかが》う。そして、自分の判断が正しかったことを理解した。

そこにいたのは体長十メートルはあろうかと思える巨大なドラゴン。赤黒い鱗《うろこ》に覆われた身体《からだ》には屈強な翼がたたまれており、目はギラギラと黄色く光っていた。人間一人を軽々貫けそうな鋭い牙が並んだ口からは涎《よだれ》をまき散らし、目に入るものすべてを敵とみなすかのように低い唸《うな》り声《ごえ》をあげている。

「あれに見つかってたらアルカを探すどころじゃないですね……気づかれないように注意しなければ」

先程とは打って変わり、セリスは気配を消して森を移動する。ドラゴンの視界に入らないよう細心の注意を払い、少し遠くからドラゴンを見据えながら少しずつ歩いていった。

幸いドラゴンは違う獲物に夢中になっているためセリスの事には全く気づかない様子。

それでもセリスは油断せず、じっくりと進んでいった。

かなりドラゴンから距離をとれたことでセリスの心に余裕が生まれる。ふと気になってドラゴンが狙っている獲物に視線を向けた。そして目にする、目にしてしまった。

ガタガタと震えながら、大事そうに二つのお弁当を抱えている茶色い髪をした魔族の子供の姿を。

声が出る前に身体が勝手に動いた。さっきまでは警戒していたドラゴン目がけて一直線に向かっていく。アルカのことを興味深げに観察していたドラゴンがゆっくりと前足を振り上げた。命を奪うのを今か今かと待ち望んでいるように鋭利な爪がギラリと光る。

あと一歩、アルカの事しか目に映っていないセリスは声の限りに叫び声を上げた。

「アルカッ!!!」

「っ⁉　ママッ⁉」

セリスは自分の身体が傷つくことも厭《いと》わずアルカに飛びついた。そしてそのままアルカを腕の中に抱く。セリスの身体をかすめるようにその少し上をドラゴンの前足が通過した。

「うっ……!!」

ドラゴンの爪が肩を抉《えぐ》り、苦悶《くもん》の表情を浮かべたセリスであったが、決してアルカを抱く力を緩めることはせず、そのまま二人一緒に地面の上を転がっていく。すぐに立ち上がったセリスは、肩から血が出ているのもお構いなしでアルカを地面に立たせた。

「怪我《けが》はありませんか？」

「……うん」

涙目でこちらを見つめるアルカを抱きしめてあげたい衝動を堪《こら》え、自分の背後に移動させると、セリスはドラゴンに向き直る。

ドラゴンはせっかくの獲物を横取りされてかなりお冠のご様子。翼を広げ身体を大きく見せながら猛《たけ》るようにセリス達に向けて咆哮《ほうこう》した。その衝撃波だけで木が次々となぎ倒されていく。

セリスは自分を落ち着かせるように息を吐き、後ろで震えているアルカに目を向けた。アルカを守らなければいけない以上、自分がここを動くことはできない。それならば、とセリスは自分の手をドラゴンへと向け魔法陣を構築した。浮かび上がるのは誰もが見たことがない模様。

セリスの種族であるサキュバスの身体能力は人間のそれとほとんど変わらない。魔法陣に関しては優秀であることには違いないが、それでも同じ悪魔のメフィストには及ばず、近接戦闘に関しては身体能力が人間並ということで、戦いの得意なエリゴールとは比較になるわけもなかった。

だが、それでもサキュバスは悪魔の中でも上位に君臨している。それはなぜか。彼女達は固有の魔法陣を持っているからだ。

「〝闇《ナ》が《イ》す《ト》べ《メ》てを覆《ア》い隠す〟」

セリスの手から魔法陣が生み出され上級魔法《トリプル》を唱える。しかし、炎が噴き出したり、竜巻が出たりすることはなかった。目に見える変化は起きずにセリスの魔法陣は薄《うっす》らと消えていく。一見魔法陣が失敗したように思えるがちゃんとセリスの魔法は発動していた。

目の前にいたドラゴンが急に鼻をひくつかせ、あたりをキョロキョロと見まわし始める。そして苛立《いらだ》ちを感じさせるような鳴き声を上げると、セリス達とは全く関係ない方向に尻尾を叩《たた》きつけた。何度もそれを繰り返し、しまいには前足で空中をひっかき始める。

これがサキュバスの固有魔法陣、幻惑魔法である。

相手の身体を直接傷つけるのではなく、相手の感情や五感を狂わせる魔法。生物、特に人間のような高い知能を有する相手には凶悪無比な威力を発揮する。

先程セリスが唱えた魔法は相手の視覚を完全に遮断するモノ。魔力耐性の高いはずのドラゴンがしっかりとセリスの魔法の効果を受け、光が一切届かない盲目な世界を体験していた。それだけでセリスの魔法の精度の高さを窺《うかが》い知《し》ることができる。

このままいけばあのドラゴンは明後日《あさって》の方角に移動するはず。

セリスは目が見えないで暴れまくるドラゴンを静かに見据えていた。

〝闇《ナ》が《イ》す《ト》べ《メ》てを覆《ア》い隠す〟の持続時間はそこまで長くはないが、それでもこのまま音を立てずにやり過ごせば逃げ切れるはず。

だが、セリスの思惑はアルカには届いていなかった。

「……あのドラゴンさんどうしちゃったの？」

「っ!?　アルカ!!　ダメっ!!」

咄嗟にアルカの口元を手で覆うも時既に遅し。視覚と同様に鋭い聴覚を持つドラゴンがピタっとその動きを止めた。そしてセリス達の方に顔を向けると口から炎を噴き出す。

「くっ……!!」

セリスはアルカを抱きしめ横へとダイブする。その音を聞いたドラゴンが完全に獲物の姿を捉え、再び二人に襲いかかってきた。

セリスは片手でアルカを支えながら必死に魔法陣を組み上げる。

「〝撃ち抜く水の弾丸《アクアバレット》〟!!」

咄嗟に唱えることができたのは水属性の中級魔法《ダブル》。だが、その程度で止まるドラゴンではない。

〝闇がすべてを覆い隠す《ナイトメア》〟の効果も切れ、視界良好になったドラゴンは二人に向かって無慈悲に牙を突き立てる。セリスはドラゴンから庇《かば》うようにアルカを強く抱きしめると、硬く目を閉じた。

「トカゲ風情が何してんだよ」

ボゴォン!!

鈍器で殴りつけたような音がしたと思ったら、次は何か巨大なものが地面を滑っていく音が聞こえる。

セリスがゆっくりと目を開くと、そこには黒いコートに身を包んだ自分の仕える上司の姿があった。

「クロ……様……?」

「悪い、遅くなった」

振り返ってこちらに笑いかけるクロの手には黒い剣が握られている。

「えっ……?」

驚いたセリスがもう一度クロの手に目をやると、先ほどまであったはずの剣は幻だったかのようにいつの間にか消えていた。

あの剣はまさか……でも、そんなはずは……。

呆《ほう》けているセリスに近づくと、クロはセリスの肩に回復魔法をかける。痛々しかった傷跡が奇麗さっぱりなくなり、痛みも飛んでいった。

「あ、ありがとうございます……」

「いや、俺の方こそアルカを守ってくれて礼が言いたいくらいだ。……アルカは無事か？」

クロがアルカの方に顔を向ける。せっかく大好きなパパが助けに来てくれたというのに、アルカは俯《うつむ》いたまま何も言わずにコクリと頷《うなず》いた。

「そうか……よかった」

クロは安心した表情を浮かべると、振り返り、自分が吹き飛ばしたドラゴンに目をやる。ドラゴンはもうすでに起き上がっており、血走ったような目をクロに向けていた。

「アルカ」

突然、クロに呼ばれたアルカはおずおずと顔を上げ、クロの方を見た。

「確か中級《ダブル》魔法は練習中だったよな。よく見ておけ」

クロが右手を前に出すと瞬時に四つの魔法陣が組成される。その速度はセリスが先程放った中級《ダブル》魔法の比ではない。魔法陣展開のあまりの速さにセリスは目を見張った。

「四種中級魔法《カルテットダブル》を一瞬で……」

だが、驚くのはまだ早かった。クロは魔力を滾《たぎ》らせ魔法を唱える。

「〝際限なき四属性中級魔法《エレメンタルエンドレス・ダブル》〟」

その瞬間、四つの魔法陣が同時に火を噴いた。炎の弾が、水の矢が、風の刃《やいば》が、地の飛礫《つぶて》が一斉にドラゴンに襲いかかる。しかも一発だけではない。

クロは魔法が発動し、魔法陣が消えるとすぐに全く同じ魔法陣を組成させ魔法を放っていた。まさにノータイムで放たれる魔法にダメージはないものの、ドラゴンは近づくことができない。

「すごい……」

セリスの口から出た言葉は頭を経由していなかった。思ったことがそのまま口に出るほど、クロの魔法陣のスキルの高さに驚嘆していた。

だが、魔王軍指揮官の腕前はまだまだこんなものではない。クロはゆっくりと左手を上げるとチラリとアルカの方に視線を向けた。

「中級魔法《ダブル》は十分見ただろ？　次は上級魔法《トリプル》だ」

「えっ⁉」

驚きの声を上げたのはアルカではなくセリス。今の口ぶりではまさか……？

「〝際限なき四属性上級魔法《エレメンタルエンドレス・トリプル》〟」

セリスの予想通り、先ほど中級魔法《ダブル》で行っていたことを、クロは上級魔法《トリプル》でもやってのけた。全く同じ魔法陣の組成速度、全く同じノータイムの魔法連射、違うのは魔法の威力と規模。

上級魔法《トリプル》を浴びるように喰《く》らい、頑丈で有名なドラゴンの鱗《うろこ》も剝《は》がれ落《お》ち始めた。たまらずドラゴンが退こうとするも、動く隙など微塵《みじん》もあたえない。

「こんなことが……!?」

セリスは開いた口が塞がらない状態だった。違う種類の上級魔法陣を四つ生み出すという四種上級魔法《カルテツトトリプル》ですら、かなりの離れ業だというのに、それを間断なく撃ち続けるとは。

この魔法陣の技術はルシフェル様に匹敵する……いやルシフェル様を超えている？

ありえない妄想にとらわれるセリスであったが、目の前に広がる光景を前に、それは妄想ではないのではないか、と囁《ささや》く自分がいた。

もうこれ以上の驚きはないだろうと思っていたセリスは、クロの言葉を聞いて自分の甘さを呪う。

「同じような魔法じゃつまらないな。最後はフェルの……アルカの友達の魔法を見せてやる」

クロは四種上級魔法《カルテツトトリプル》を乱射しながら巨大な魔法陣を四つ、空中に作り上げた。そのどれもが最上級魔法《クアドラブル》。セリスは最早《もはや》悪夢を見ているような気持ちになった。

「よく見ておけよ。……〝四大元素を司る龍《エレメンタルドラグーン》〟！」

四つの魔法陣から違う属性の四匹の龍《りゅう》が空高く飛び出す。上空で一度旋回した龍達はそのまま地上にいる標的目がけて一直線に降下した。クロは魔法が着弾する瞬間に撃ち続けていた四種上級魔法《カルテットトリプル》を消し、セリスとアルカを守るように魔法障壁を張る。

すさまじい爆音と閃光《せんこう》が森を覆いつくした。クロが作り出した魔法障壁がビリビリと震えており、セリスは覆いかぶさるようにしてアルカを抱きしめる。

しばらく煙で何も見えなかった視界が晴れていくとドラゴンの姿はおろか、鬱蒼《うっそう》と生い茂っていた木すらなくなっており、あたり一帯平地と化していた。さっきまでドラゴンがいた場所には巨大なクレーターがあり、その大きさがクロの魔法の威力を物語っている。

「……デタラメですね、あなたは」

呆《あき》れたように顔を引《ひ》き攣《つ》らせながらセリスが声をかけると、クロは振り返ってニッと笑いかけてきた。他に敵はいないか一応周りを確認すると、クロは二人の方へと向き直る。

「さて、と。とりあえず城に戻るとするか」

そう言うとクロは魔法陣を即座に組み上げ、アルカとセリスを連れて城の中庭へと転移した。

中庭に着くと、集まっていた城の人達の誰もが不安そうな顔をしていた。俺の姿を見た誰かが声を上げ、一斉にこちらに駆け寄ってくる。みんなアルカのことを心配してくれてたんだな。

「アルカッ!!」

メイド服の少女が目に涙を溜《た》めながらアルカを抱きしめる。あれはアルカがよく話しているメイドの子だろうな。名前は確かマキだったか。俺よりも少し若いくらいかな？　シヨートカットで可愛《かわい》らしい顔つきをしているところを見ると、将来なかなかに有望ですな。

マキにつられるようにして他の人達が次々に労《ねぎら》いの言葉をかけている。いやーうちの娘はみんなから慕われているなー、俺に似なくてよかったなー、マジで。

「アルカさん！　無事でよかった！」

「心配しました！」

みんなホッとしたような笑顔を浮かべてんなー。俺もホッとしたぜ。アルカがドラゴンの餌食《えじき》になっていたらと思うとぞっとするぜまったく。

アルカは浮かない顔で小さく頷くばかり。かなり怖い目にあったからな……無理もねぇわ。それでもみんな優しくアルカのことを元気づけてるよ。ここに来てから知ったけど本当、魔族っていい人ばっかなのな。

でも、優しくするだけじゃだめだ。

アルカに嫌われるかもしれないけど、こういうのは親の仕事だろ。……嫌われたらまじで二、三日は寝込むな絶対。

覚悟を決めてゆっくりとアルカに近づいていく。だが、俺よりも先にアルカの側《そば》に行く影があった。

ぺちん。

気の抜けるような音の出所はアルカのほっぺた。アルカは驚いたように自分の頬《ほお》に手を当て、無表情で自分を見るセリスの顔に目をやる。

「一人で城から出てはいけないって約束しましたよね」

厳しい口調で告げられた言葉に、アルカは茫然《ぼうぜん》とした顔で頷く。

「あなたの軽率な行動でこれだけの人に心配をかけました。わかっていますか？」

「…………はい」

「一歩間違えれば、命を落としていたかもしれないんですよ？　あなたは生きたいと願ったんじゃないのですか？」

アルカの大きな目に見る見る涙が溜まっていく。それでもセリスの表情は変わらず厳しいものだった。

「もう二度とこんな軽はずみなことはしないと約束してください」

「……約束します……!!」

かすれた声で頷くアルカ。そんなアルカを見てフッと表情を緩めると、セリスはその身体《からだ》を優しく抱き寄せた。

「本当に無事で良かった……心配したんですよ？」

「……ひっぐ……ひっぐ……うわぁぁぁぁあああぁぁあぁぁん!!　ママぁぁぁ!!!　ごめんなさいぃぃぃぃぃぃぃ!!!!」

緊張の糸が切れたのか、アルカがセリスの腕に抱かれながら滂沱《ぼうだ》の涙を流す。セリスの目からも涙がこぼれていた。

……あーあ、俺が言いたいこと全部言っちまいやがったよ、あいつ。

「……いいお母さんしているじゃないですか？」

いつの間にか近くに寄ってきていたマキが話しかけてきた。やばい、俺の人見知りモードが発動しちまう。

「いっそのこと、本当に奥さんにしちゃったらどうですかー旦那ー？　かなりの良物件ですぞ？」

あっ、こいつは大丈夫だわ。顔色見なくていい相手だわ、うん。俺は肘でウリウリと小突いてくるマキの頭に手刀を落とす。

「痛《い》ったー!?　指揮官様ひどい！」

「うるせぇ。縁起でもないことを言うお前が悪い」

頭をさすりながら恨めしそうな目でマキが俺を睨《にら》む。自業自得だ、バカめ。

とはいうもののアルカと仲良くしてもらっていることは事実。それに城の女中さんなら俺達の洗濯とか飯とかも作ってくれているんだろう。一応感謝だけはしとくか。

俺はゴホン、と咳払《せきばら》いをする。

「あーマキだっけか？」

「おっ、指揮官様に名前を覚えてもらっているとは光栄ですねぇ！」

「アルカと仲良くしてくれてありがとな」

「いやいや！　仲良くしてもらっているのはあたしの方です！　それに……」

マキが表情を曇らせた。

「ん、どうした？」

俺が顔を向けると、マキは言いづらそうな顔で口を開く。

「……アルカに指揮官様達のいるアイアンブラッドの方角を教えたのはあたしなんですよ。だから、アルカが危険な目にあったのはあたしのせいっていうか……」

なんだそんなことか。俺は呆れたように鼻を鳴らした。

「な、なんですかその反応は⁉」

「別にアルカを陥れようとしたわけじゃないんだろ？」

「それは……そうですけど……」

「ならマキは何も悪くねぇよ。気に病む必要ないっての」

俺がそう言うとマキが少し驚いたような目で俺を見る。えっ？　なんか俺変なこと言った？　割とまともなこと言ったつもりなんだけど？

俺が動揺していると、マキはいきなりぷっと吹き出した。

「ほんとお似合いですね、お二人って」

「あー？　なんのことだよ？」

「セリス様にも同じことを言われました！　『マキさんは何も悪くない、気に病む必要はない』って」

「…………」

あいつ……俺の台詞《せりふ》をパクりやがって！　俺の方が後出しだって？　そんなの関係ねえ!!

……なんとなく気まずいから話題を変えよう。

「俺達の服とか洗濯してくれてんだろ？」

「はい！　それが女中の仕事ですからね！　気にしないでください!!」

「それでも助かっていることには変わりないからな。飯もいつも美味《おい》しくいただいてるよ」

「えっ？」

「えっ？」

きょとん顔でこちらを見るマキ。そんなマキのきょとん顔を見てきょとん顔になる俺。

「指揮官様……何言っているんですか？　指揮官様とアルカのご飯を作っているのはセリス様ですよ？」

「…………はっ？」

えっ？　どういうこと？　だってあいつご飯は城の女中が作ってるって……。

「アルカが来たくらいからセリス様が作るようになりました。知らなかったんですか？」

「……セリスは一言もそんなこと言ってなかったから」

じゃあ、俺はあいつが作ってくれた料理を、いつも城の女中に感謝しながら食べてたっていうのかよ。ちゃんと言えっつーの。なんかモヤモヤすんだろうがよ。あとマキ、ニヤニヤ顔で俺のこと見るのやめろ。

「でも、セリス様がお二人に言ってないとなるとあたしが言ったのまずかったですかね。このことはあたしと指揮官様の秘密にしておいてください！」

「……そんなにアルカに自分の手料理食べさせたかったのかよ」

「アルカに対してだけじゃないと思いますけどねー」

「…………」

このメイドマジで厄介だなおい！　つーか、俺とは初対面のはずなのにフランクすぎだろ⁉　仮にも俺は指揮官様だぞ？　……まー固くなられるよりは全然いいんだけどな。

「さて、そろそろ仕事に戻らないとな」

「あー話をそらすー！」

知らんな。お前の話に乗る必要はどこにもない。

「……今日一日アルカのこと頼めるか？」

「任せてください！　給仕長からお二人が帰ってくるまでアルカの側にいるように言われましたから！」

マキが笑顔でビシッと俺に敬礼する。

「助かる、じゃあ任せた」

「了解です！　精一杯頑張ります！　なのであたしの給料上げるよう給仕長に掛け合ってください！」

「俺への言動に問題ありって報告しておくわ」

「そんな〜！　お慈悲を〜!!」

俺は断末魔の叫びを上げているマキを無視して、城の人達に謝っているセリスに声をかけた。

「セリス。そろそろアイアンブラッドに戻るぞ」

「わかりました。本当にご迷惑をおかけして申し訳ありませんでした」

セリスが給仕長らしき恰幅《かっぷく》のいい女性に頭を下げる。俺は振り返ると、みんなに囲まれているアルカの側に寄った。

「アルカ、俺はもう行くからマキと一緒に待っててな」

「パパ……本当にごめんなさい……」

しょんぼりと肩を落とすアルカ。その口から自然と「パパ」という言葉が出たことに喜びを感じながらも、俺はアルカの頭を優しく撫《な》でる。

「お母さんと約束したんだろ？　じゃあ俺から言うことは何もないよ」

「……うん！　もう軽はずみなことはしない！」

「いい子だ」

俺はアルカの頭をポンポンと叩《たた》き、立ち上がった。……なんか勢いでセリスの事お母さんとか言っちゃったけど、マキには聞かれてないだろうな？　あいつに聞かれてたら確実に面倒くさいことになる。それだけは阻止しなければ。

幸いマキは少し離れたところにいるようで今の話は聞かれていない様子。俺はほっと息を吐くとセリスと共にアイアンブラッドに戻っていった。


俺達が食堂に戻った時は、もう既に最後の昼休み組が食事を終えようとしているところであった。

調理場の方に目を向けると、ギッシュが先頭に立ち、何人かのデュラハンが食器の洗い物をしている。結局ギッシュは最初から最後まで食堂をやってくれたんだな。あれ？　そういえばアニーさんの姿が見えない。

とりあえず俺に気がついて近寄ってきたギッシュに声をかけてみることにする。

「ご苦労さん。悪いな、やらせっぱなしにしちまって」

「……その顔から察するに……家族は無事……見つかったみたいだな……」

「おかげさまでな。そっちはずっと料理番をやってくれてたみたいだな。ところでアニーさんはどこ行った？」

「……アニー殿は……家で休んでもらってる…………元々料理の当番は……我々の仕事だからな……」

あー気を遣ってくれたのか。確かにアニーさんはボランティアで手伝ってくれていたからな。人手が足りているなら休んでもらったほうがいい。

「……あと空いた時間で……明日からの料理当番を……決めておいた……だから明日からは……俺達の手でやってみることにする……だけど少し不安があるから……指揮官殿に様子は見にきて欲しい……」

俺は目をぱちくりさせながらギッシュを見つめた。なんか色々驚きすぎて脳みそがついていけない。

まずなんかしゃべりが流暢《りゅうちょう》になってきている気がする。前はもっと途切れ途切れだったのに、今は昔に比べて断然聞き取りやすい。

あと一度に話す量が明らかに多くなってる。これだけちゃんと話すことができるのであれば会話のテンポも良くなるってもんだ。

ただ俺が一番驚いたのは自発的に改革を進めてくれたことだ。

当番制だ、とは言ったがしばらくは無理だと思っていた。だが実際は俺の改革に付き合ってくれ、受け入れてくれ、自分達だけでやっていこうとしている。

そう考えると、なんだか目頭が熱くなってきた。なんかここにきてから涙腺が脆《もろ》くなってきてる気がする……歳《とし》かな？

「あーわかった。明日は娘を連れて見に来るよ」

「……指揮官殿の娘か……楽しみだ……」

そう言うとギッシュは持ち場に戻っていった。

よし、なんだかんだ改革が上手《うま》くいきそうでよかった。改革の内容がよかったっていうよりも、完全にデュラハンの人柄に助けられたような形だけど。……上手くいきゃなんでもいいんだよ！

さーて後はボーウィッドに報告すれば今日はもう帰っていいよな、うん。

とりあえず、あれだ。俺もう倒れそうなんだよね。

いやー正直やりすぎたわ。もっと効率的に倒せば良かった。

そりゃ、あんだけ魔法陣を連発すれば魔力切れを起こすわな。最後の魔法に関してはほとんど全力で撃ったし。

アルカを見つけた安堵《あんど》感と、アルカを怖がらせた怒りのせいで完璧にトサカにきてたからなぁ……あぁ、あとセリスを傷つけた事にほんの少しだけイラッとした。

とにかくあれは完全に調子のった。今めちゃくちゃ反省してます。許してください、お願いします。

……あーだめみたいだな、こりゃ。だって視界がぼやけてんもん。なんか鎧《よろい》がひとりでに動いているように見えるもん。あっそれはいいのか。

こんな所で倒れたくないんだけど…………限界、みたいだな。

視界が真っ暗になり、俺は崩れるように倒れる。

ガシッ。

……と思ったら全然倒れないぞ？　あれ？　今確かに意識が遠のいたと思ったんだけどな……ってなんか右腕が温かくて心地いいんだが？

俺は自分の右腕に目を向ける。なんか腕が組まれていた。俺はそのままゆっくりと視線を上げていき、俺と腕を組んでいる犯人に目をやる。

「……何してんだ？」

俺は極力平静を装いながらセリスに尋ねた。セリスは顰《しか》めっ面《つら》のままこちらを見ずに答える。

「あと少しで今日の仕事は終わるんですから頑張ってください。こんな所で倒れられたら、指揮官としての面目丸つぶれです」

おっふ。ばれてーら。

「今、私の魔力を送っていますから少しは良くなると思います」

あぁ、だからなんか気持ちいいのか。右腕から生命力を注ぎ込まれているって感じがする。少しずつだが確かに俺の身体《からだ》に魔力が戻ってきているな。

つーか女子と腕なんて組んだことがなかったのに、初めての相手がセリスかよ。なんか納得いかねぇわ。もっとお淑《しと》やかな子と腕を組みたかったぜ！

……でもこいつの無駄に大きい胸が俺の腕に当たってなんというか……あれだ。

俺はちらりと目をやると、セリスは涼しげな表情を浮かべている。なんかムカつく。

いや、別に俺もドキドキとか一切してないから。こんなの人工呼吸と同じようなもんだから。

なんか素直にお礼を言う気持ちになれない。

「……余計な気を回しやがって」

「秘書ですから」

俺がひねた口調で言うと、セリスがきっぱりと言い切った。相変わらず可愛《かわい》くない奴《やつ》。

「娘に良いところ見せたいからって張り切りすぎです」

「……うるせぇ」

まったくもってその通りなんだけど、認めるわけにはいかない。なぜなら負けたような気がするからだ。

俺達はしばらく無言でデュラハン達のことを眺める。デュラハン達は慣れた手つきで食器を片付けていた。

ボーウィッドの話ではデュラハン達は仕事以外では自分の家で過ごしているので大抵のことは一人でできるらしい。だからあんまり結婚している奴がいないんだとさ。

「やっぱり家事ができる男は恋人できないんだな」

「家事ができないのに恋人もいない人を私は知っていますけどね」

「料理ができるのに恋人がいない可哀想《かわいそう》な奴を俺は知っているけどな」

二人の視線がバチバチとぶつかり合う。どこからどう見てもいがみ合っているのになぜか腕を組み合う二人。他の奴からはどういう風に見られてんだろうな。

相手に嫌味《いやみ》を言いながらもそれでもお互いに離れようとはしない。……俺の場合は少しでも魔力をもらっておきたいからなだけな、うん。

なんか悔しいけどセリスの魔力って温かくて落ち着くんだ。

よく手の冷たい人は心が温かいみたいな迷信じみたことを言う人がいるけど、セリスの場合は魔力が温かいのは人間として冷たいからなんだよ、きっと。いやー本当にあったけぇわ。それだけこいつが冷徹人間って証拠だな!!

「……ゴホン……」

背後で遠慮がちな咳払《せきばら》いが聞こえ、慌てて離れる俺達。振り返るとなんとも言えない表情を浮かべながらボーウィッドが立っていた。なんだろう、すげぇ気まずい。

ボーウィッドは少し悩んでいたが、何も見なかった体《てい》で話すことにしたようだ。流石《さすが》はボーウィッド。空気の読める鎧。

「色々……大変だったみたいだな……」

他のデュラハン達から話を聞いたのだろうか、ボーウィッドが労《ねぎら》うような声音で俺に話しかけてくる。それだけでボーウィッドの優しさを十二分に感じ取ることができた。

「まっ、大事には至らなかったから問題なしだな」

「あぁ……それが一番だ……」

俺が軽い調子で言うとボーウィッドがしみじみとした様子で頷《うなず》いた。本当に何もなくてよかった。もしあのままアルカが襲われていたら、俺はこの世界を滅ぼそうとしたかもしれない。

「そういえば当番制のことは聞いたか?」

「あぁ……報告は受けている……兄弟のおかげで……工場が良くなってきているのを実感するぞ……」

ボーウィッドが嬉《うれ》しそうに笑う。見ているだけで俺も嬉しくなってくるわ。

「そうか、それならよかった。明日アルカを……俺の娘を連れてきたいんだがいいか？」

「……娘がいるとは驚きだな」

一瞬セリスの方をちらりと見たような気がしたが、そんな事はないだろう。俺がしているのは娘の話であって、セリスとは一切なんにも全く関係ない話だからな。

「兄弟の娘なら俺の娘みたいなもの……明日会えるのが楽しみだ……怖がられなければいいが……」

「大丈夫だよ。兄弟なら娘も気に入る。なんたって俺の娘だからな」

俺は少し不安げなボーウィッドの肩を小突いた。アルカは見た目で人を判断するような子じゃない。絶対にボーウィッドがいいやつだとわかってくれるさ。

「期待している……さて……そろそろ家に帰れ兄弟……」

「えっ？」

「無理をしているのが……バレバレだぞ……」

まさかのボーウィッドにまでバレるとは。俺ってそんなにわかりやすいのか？

俺がばつの悪い表情を浮かべながら頭をかいていると、セリスがいきなり前に出てお辞儀をした。

「お心遣い感謝します、ボーウィッド。クロ様は本調子ではないので今日はこれで失礼させていただきます」

「あぁ……ゆっくり休ませてやってくれ……」

ちょ、ちょっと！　話を勝手に進めんなっつーの！

文句を言う前にセリスに腕を引っ張られた俺は、そのままセリスの転移魔法で小屋へと強制送還されたのであった。


家に帰ってきてからのことはあまり記憶がない。覚えているのはセリスに寝室まで連れられ、そのままゴミのようにベッドに捨てられたこと。そして夕飯まで寝ててください、と一言告げるとセリスはそのまま部屋から出て行ったこと。本当にあいつは容赦がない。病気になってもあいつだけには看病されないぞ、俺は。

そんな事を考えているうちにいつのまにか眠ってしまっていた俺は、アルカに起こされ、まだだるい身体を引きずりながら夕飯の席に着いたのだった。

「……で？　なんでお前がいんだよ？」

「嫌だなー！　ご飯はみんなで食べた方が美味《おい》しいですよ！」

俺のジト目もなんのその、マキは自分の分のご飯を美味しそうに頬張《ほお》っている。

「うーん、やっぱり労働の後のご飯は美味しいですねー！　アルカもちゃんと食べてる？」

「うん、食べてるの！」

アルカが笑顔でマキに答える。はっはっは、頬《ほ》っぺたにご飯粒がついているぞ、マイエンジェル。そんなところも可愛いんだけどな！

つーかマキはアルカと一緒にいただけでなんも仕事なんかしてねぇだろ。俺が意識朦朧《もうろう》としながら帰ってきたとき、二人で折り紙してたの知ってんだぞ？

俺は仏頂面をしながらご飯を口に運ぶ。今日の料理は肉じゃがか。疲れている時はあんまりこってりしてない方がいいからこれは助かるな。うん、うまい。

あっ、でもこのご飯って……。

俺はちらりと隣の様子を窺《うかが》う。セリスはいつものように上品な感じでご飯を食べていた。こいつにはアルカの事もあるし、アイアンブラッドでもフォローしてもらったんだよなぁ。

「あー……セリス？」

「なんでしょうか？」

セリスが俺に視線を向ける。俺はなるべくそちらを見ないようにしながら話しかけた。

「今日のご飯はうまいな」

「はぁ……そうですか」

この反応だけで見なくてもセリスがこいつ何言ってんだ、みたいな顔をしているのがわかる。俺は極力気にしないようにしながら言葉を続けた。

「だから城の人に言っておいてくれ。いつも美味しいご飯をありがとうってな」

「……急にどうしたんですか？」

セリスが探るように俺の顔を覗《のぞ》き込《こ》んできたので、慌てて顔をそらす。

「別に深い意味はねぇよ。ただそう思っただけだ」

「……わかりました。伝えておきます」

俺が横目で確認すると、セリスは口角を少しだけあげていた。

これは今日一日分の礼だからな。それにうまい飯を作ってくれていることに感謝しているのは本当のことだ。だからマキ、そんな顔で俺を見るなら今すぐここから締め出すぞ。

夕飯を食べ終わるとマキは「ご馳走《ちそう》様でしたー!!　これ以上いると給仕長に大目玉を食らいそうなんでこの辺で失礼します！　アルカ、またねー！」と言ってさっさと帰っていった。本当に台風のような奴だ。

セリスも後片付けを終えると今日はすぐに帰っていった。おそらく俺とアルカに気を遣ったのだろう。相変わらずだな、ったく。

そんなわけで俺はアルカを膝の上に乗せながらウッドデッキから二人で星を眺めていた。

アルカは誰かの、っていうか俺とセリスの膝の上がお気に入りの場所らしく、座っているといつも上に乗りたがる。ちょっと甘やかしすぎかなぁ……セリスも俺もそれが好きだから、構わず膝の上に乗せちゃうんだけど。

だけど、今日は違った。おずおずと俺の側《そば》に寄ってきたアルカを、俺が抱き上げ膝の上に乗せる。なんだかんだ言って、今日の事でアルカも負い目を感じているんだろうな。

しばらく何も言わずに夜空を見ていたアルカが静かに口を開いた。

「パパ……今日は本当にごめんなさい」

絞り出すような声に俺は心が締め付けられるようだった。俺はアルカの頭に手をおき、優しく撫《な》でてやる。

「……俺とセリスのお弁当を届けようとしてくれたんだってな。アルカは優しい子だ」

「…………」

アルカのしょんぼりとした肩を見ていると抱きしめたくなる衝動に駆られるが今は我慢。

「今日反省した事をもう二度としないようにする。それが大切な事だ」

「……はい」

「とは言っても俺はよく同じ失敗をしちゃうんだけどな」

「パパが？」

俺がおどけた調子で言うと、アルカが膝の上から驚いたようにこちらを見上げてきた。

「そうだよ？　だからよくセリスに怒られているよ」

「ふふっ、ママに怒られるのはアルカと一緒だね！」

「そうだな」

アルカが笑ったので俺も笑いかえす。少し元気が出たのか、アルカは座りながら足をプラプラとし始めた。

「今日のパパ凄《すご》かった……それにかっこよかった！」

「そうか？　アルカにそう言ってもらえると照れるな」

まぁ、魔力枯渇の一歩手前までいったからな。アルカにそう思ってもらわなきゃ割に合わないってもんだ。

「パパはすっごく強いから怖いものなんてないんだろうな……アルカはドラゴンさんが怖くて何もできなかったよ」

アルカは昼間の事を思い出したのか、少し辛《つら》そうな様子で顔を俯《うつむ》かせた。そんなアルカに俺は優しく声をかける。

「そんなことないぞ？　俺も今日は怖かった」

「パパも？　あのドラゴンさんのこと？」

俺は首を左右に振って否定した。強い魔物と対峙《たいじ》して感じる恐怖心は慣れればどうってことなくなるからな。俺が感じた恐怖はそんなのとは比べられないような奴《やつ》だったよ。

「俺はな、アルカ。お前を失うんじゃないかって事が一番恐ろしかった。ドラゴンなんかよりずっとな」

今膝の上や腕の中に感じている温《ぬく》もりを失う、そう思うと今でも足が震えてきそうだった。ちょっと前までは学生やってて、そんなこと微塵《みじん》も感じたことなかったのにな。今はアルカを失う事が何よりも恐ろしいって思っちまってる。

俺は後ろからアルカの事をぎゅっと抱きしめた。

「パパ……？」

「あんまり父さんの事を怖がらせないでくれな？」

「…………うん」

アルカが俺の腕の中で頷く。まったく……いつのまにかこんなにも子煩悩になっちまった。レックスにこんな姿見られたら笑われるだろ、絶対。あいつにだけは見られるわけにはいかねぇな。

「……少し冷えてきたな。そろそろ家に入るか？」

「うん、そうする」

アルカが俺の膝から降りて扉の方に行く。だが俺が付いて来ないことに気がついてこっちを見ながら首を傾《かし》げた。

「先に風呂に入りな。俺はもう少し外の空気を吸ってから家に戻るから」

「……わかったの」

今日は一緒に入りたかったのだろうか、アルカは少しだけ残念そうに家に入って行く。

本当は俺も一緒に入りたかったんだけどな、相手をしなくちゃいじける奴がいるから。

「……親子の対話を覗き見するなんて悪趣味だぞ」

「すっかりお父さんだね」

そう言いながら、フェルが小屋の屋根から飛び降り、俺の隣に座った。

「いい父親しているみたいで安心したよ」

「ほっとけ」

からかう口調で言われたらこっちが安心できないわ。つーかお前は毎度毎度ここに来るときは姿隠して来るのな。

「セリスから聞いたよ？　僕の魔法を使ったんだって？　勝手に使うとは感心しないなぁ……」

「それが嫌なら名前でも書いとけ。じゃなきゃ真似《まね》されても文句は言えねぇよ」

「あれを簡単に真似するのは君ぐらいだよ」

フェルが呆《あき》れたような表情を向ける。いや、だってすげー効率のいい魔法陣式だったからさ。注ぎ込む魔力と魔法の威力にほとんど無駄がねぇんだもん。そりゃ真似するだろ。

「まぁ、それはいいとして……アルカの事、本当に悪かったね」

「……だからお前のせいじゃないって言っただろ？　むしろすぐに俺に教えてくれたことに感謝してるくらいだっつーの」

「そう言ってくれると救われるな。……君に嫌われるのは勘弁だからね」

「……俺に男の趣味はねェぞ？」

俺は椅子に座りながら少しだけフェルから距離を取る。確かにこいつは美男子で女装すれば可愛《かわい》い女性になるだろうけど、やっぱ男はねぇわ。そういう趣味の人を蔑む気持ちはこれっぽちもねぇけど、俺はないって話。

フェルがそんな俺を見ながら楽しげに笑った。

「そういうことじゃないよ。でも、君のそういう反応は見ていて飽きないね」

「俺で遊ぶな」

「ごめんごめん」

フェルが全く悪びれもせずに謝る。俺はそんなフェルを見ながらアルカを探していたときのことをふと思い出した。

「そういやあの剣は一体なんなんだ？」

「あの剣ってアロンダイトのこと？」

「あぁ」

呼び出してもいないのに勝手に出てきたアロンダイトはまるで意思を持っているようにアルカのところへと誘《いざな》ってくれた。正直あれがなきゃ、俺は助けに入るのが間に合わなかったかもしれない。

「急に出てきて俺の腕を引っ張っていったぞ？」

「へぇー……そうなんだ」

フェルが興味深げな視線を向ける。こいつ……なんか知っていやがんな。

「どういうことだよ？」

「アロンダイトは魔剣だからね。そういうこともあるんじゃない？」

いや、魔剣って言えばなんでも納得できるわけねぇだろ！　ってかそういうことってなんだよ！　意思を持つ魔剣なんて聞いたことねぇぞ！

「さーて、やることも済んだし、僕はそろそろ部屋に戻って寝るよ」

「あっ、おい！　まだアロンダイトについてなんも聞いてねぇぞ！」

「おやすみ」

フェルは笑顔でマントを翻すと、即座に転移の魔法陣を組み上げこの場からいなくなる。

結局あいつは何しにきたんだ？　俺はこんなことのために娘との楽しい入浴タイムをふいにしたのか？

俺は大きくため息を吐《つ》くと、小屋の中へと入っていった。

「うわー!!　大きい建物がいっぱいだね!!」

アルカが目をキラキラさせながらアイアンブラッドの街へと走っていく。こらこらあんまり走ると転んじゃうぞ。……あー言わんこっちゃない。

むくりと起き上がったアルカにセリスが近づき、服に着いた泥を払ってやる。膝をすりむいているというのにアルカは変わらず笑顔のままだった。その顔を見ながら俺は今朝のことを思い出す。

ドラゴン騒ぎのあった日の翌日、アルカをアイアンブラッドに連れていくことをすっかり言い忘れていた俺は、朝食の席でそれをアルカに伝えた。初めは驚いていたアルカだったが見る見るうちに笑顔になっていき、上機嫌でパンを頰張《ほおば》っていた。

出かける直前まで小躍りしそうな自分を抑えていたアルカだったが、いざアイアンブラッドに着くと溜《た》めていた嬉《うれ》しさが爆発したようであった。

前みたいに遠慮していた雰囲気はなくなったってことを考えると、あのドラゴンには感謝しないといけねぇな。

「……おはよう……兄弟……」

俺がアルカの膝に回復魔法をかけてやると、街の入り口で待っていたボーウィッドが俺に声をかけてくる。アルカは咄嗟《とっさ》に俺の後ろに回り込み、恐る恐るボーウィッドのことを見ていた。

「あぁ、おはよう。待っててくれたんだな」

「……娘を連れてくると言っていたからな……その子がそうか？」

ボーウィッドがちらりとアルカに目を向けると、アルカは身体《からだ》をビクッとさせて俺の背中に隠れる。まぁそういう反応になるわな。俺もアルカと同じ年で白銀の甲冑《かっちゅう》がいきなり話しかけてきたら裸足《はだし》で逃げ出すわ。

俺は極力優しくアルカに話しかける。

「アルカ。この人はパパの友達のボーウィッドだ。見た目はちょっと怖いけど優しいおじさんだぞ？」

「……怖いのか、俺は……」

ボーウィッドが落ち込んだように肩を落とした。悪いな兄弟。怖いか怖くないかで言ったら、悪夢に出てきてもおかしくないレベルだ。

アルカが大きな目で俺の顔を見つめる。

「……パパの友達？」

「あぁそうだ。だから挨拶してやってくれ」

アルカは小さく頷《うなず》くと、こわごわ俺の後ろから出ていき、ボーウィッドの前に立った。

「は、初めまして！　アルカっていいます！　よ、よろしくお願いします！」

アルカが懸命に頭を下げる。ボーウィッドはゆっくりと膝を折ると、アルカの目線に自分のヘルムの位置を合わせた。

「……ちゃんと挨拶ができてえらいな……俺はボーウィッド……お父さんの友達でこの街

の長《おさ》をやっている……よろしくな」

ボーウィッドはガシャガシャ音を立てながらアルカの頭を撫《な》でる。最初は怖がっていたアルカもボーウィッドの手から優しさを感じたのだろうか、次第に表情が柔らかくなった。

「ボーウィッドおじさんはこの街の偉い人なの？」

「……そうだ……一応この街の管理をしている……」

「管理……？」

アルカが俺の方に振り返り、首を傾げた。

「面倒を見ているってことだよ」

「えー！　こんな大きい建物がいっぱいの街の面倒を見ているなんてすごい！　じゃあボーウィッドおじさんはこの街のパパなんだね！」

「……そうだな」

尊敬の眼差《まなざ》しを向けてくるアルカに若干照れながらもボーウィッドは優しく微笑《ほほえ》んでいる。な？　俺の娘は天使だろ？　骨抜きになっちゃうだろ？

「さて……パパはボーウィッドおじさんと仕事に行かなきゃいけないけどアルカはどうする？」

「うーん……アルカは街を探検してみたいな……」

アルカが遠慮がちに俺の顔を見上げる。確かに仕事場についてきてもアルカにとってあんまりおもしろいものじゃないだろ。

俺は何気なくセリスに視線を向けると、セリスは小さく頷きアルカに笑顔を向けた。

「じゃあアルカは私と一緒に街を見て回りましょうか？」

「本当っ!?　わーい!!　ママと二人で街の探検だ!!」

そう言うとアルカはセリスの手を握り、嬉しそうに街の中へと進んでいく。セリスも困ったように笑いながらアルカに手を引かれ一緒に歩いていった。

そんな二人の背中をボーウィッドは何とも言えない顔で見つめている。

「……ママと二人で………なぁ兄弟……昨日はあえて言わなかったんだが……」

「兄弟の言いたいことは想像つくし、気持ちもわかるけど、断じてそんなことはないから」

俺はボーウィッドに尋ねられる前に、その言葉を遮るようにして答えた。今まで話下手のデュラハンの言葉は最後まで聞くようにしていたが、今回に関してはそれは許容ならん。

特に兄弟の口から言われたのだとダメージがでかすぎる。

「……複雑な関係なんだな……兄弟とセリスは……」

「そういうことにしておいてくれ」

やはりボーウィッドは最高だ。少ない言葉で俺の気持ちを察してくれる。俺とセリスの話はセンシティブ情報なのだ。

気を取り直して俺はボーウィッドと共に工場へと向かった。

工場ではいつも通りデュラハン達が勤勉に働いていた。だがその様子は以前とは明らかに違っている。

「……もう少し赤くなってから打て……鍛冶は時間との勝負だ……」

「……わかりました」

ベテランのデュラハンが若手のデュラハンに剣を打つときのアドバイスをしていた。そんな当たり前の光景を見ただけで俺の心は高鳴る。

「いい感じじゃねぇか」

「……そうだな……相変わらず口数は少ないが……それでも会話がゼロではなくなった……」

ボーウィッドも嬉しそうに頷いていた。ここ最近は食堂の手伝いで忙しくてなかなか工場の様子を見ていなかったが、ここまで変わっているとは嬉しい誤算だ。

「他の工場はどうする？」

「……とりあえず各工場長にこの工場を見学させる……他の者達も会話がないことを危惧

していたから……この工場を見せればこの改革に賛同してくれるはずだ……」

「そうか……」

俺は満足そうに頷くと、工場内のデュラハン達に視線を戻した。とりあえず俺の指揮官としての初仕事は成功と言っていいんじゃないか？　あっ、アルカのは仕事っぽくなかったので除外します。

手探り状態だったけど何とか上手《うま》くいってよかった。今まで生きてきて誰かのために何かを必死にしたことなんか殆《ほとん》どなかったからな。なんか新鮮な気持ちだ。悪くない。

「……工場がこんなに良くなったのは……全部兄弟のおかげだ……本当に感謝している……」

やめい。改まって礼を言われると恥ずいだろうが。そういうの慣れてないんだよ。

「……ここからは俺達自身で変えていく……いや変えていかなければならない…………兄弟はたまに様子を見に来てくれるだけでいい……」

「そうだな……俺がおせっかいをするのはここまでだ」

この短期間でこれだけ変わることができたんだ。デュラハン達ならきっと大丈夫だろ。

「あー……なんかホッとしたら酒飲みたくなってきたな。兄弟はいける口か？」

「……どうだろうな……酒は流通してこないから……」

まじか。仕事の後は酒屋で一杯やりたくなるだろ普通。つーかあれか、料理屋もないのに酒場なんかあるわけもないか。

ないとわかったら無性に飲みたくなる。魔族領に来てから一滴も酒なんか飲んでねぇからな。……よし。

「兄弟、俺は決めたぞ」

「……何をだ？」

こちらに顔を向けたボーウィッドに俺はニヤリと笑いかけた。

「この街に酒場を作る！」

「酒場……!?　……だが料理を作るだけならあれだが……酒場のノウハウがあるデュラハンなんかいないぞ……？」

「あぁ……だから俺は他の魔族の所へ行ってここに酒場を作るよう交渉してくる！　せっかくデュラハン同士で交流をはかるようになったんだ！　酒場とか料理屋とか作ってもっと交流の場を広めたい!!　それで俺は新しくできた酒場で兄弟と義兄弟の盃《さかずき》を交わすんだよ!!」

要はボーウィッドとこの街で酒が飲みたいだけ。完全に私情を挟んでいるけど俺は魔王軍の指揮官だ。誰にも文句は言わせない。

「……義兄弟の盃か…………いいなそれ……」

「だろ？　俺は決めたぞ兄弟!!」

デュラハンコミュ障脱却大作戦を成功させた俺は新たなる目標に向け決意を固める。

どうせ他の魔族とも親交を深めなきゃいけないんだし、一石二鳥だな！　仕事しながら交渉を進めていけばセリスにも怒られないだろう。……うん、でも一応セリスには内緒でやっていこう。

とにかく俺は絶対にこの街に自分好みの酒場を建ててやるんだ!!

エピローグ

魔族の襲撃、という大事件を終え、無事王都に帰ってきた俺は、危機的状況を乗り越えた功績により王様から勲章を授与された。そして、学園に戻れば称賛の嵐を受け、知らない先輩や教師から親しげに声もかけられた。君は学園の誇りだ、未来の勇者だ、と。

嬉《うれ》しいわけがない。この勲章も、その言葉も、もらうべきは俺じゃないからだ。

一人きりになりたくて俺は誰もいない方へと足を進める。部屋に籠っていればいいだけの話なのだが、ジッとしていると見えない何かに押しつぶされそうだった。

ポツポツと頭に雨粒が当たるのも気にせず、校舎から離れた高台に来た。雨が降っているから誰もいないだろうと思ったが、案の定人っ子一人いない。まぁ、雨が降っていようといなかろうと、ここには誰も来ないだろうな。そんな事を思いながら、少しだけ気持ちが軽くなった俺は緩慢な動きで高台を歩いていく。

そこにあったのは慰霊碑。学園を卒業し、冒険者や騎士になり、命を落とした者達の名が刻まれている。そして、その慰霊碑の前には小さな白い花が置かれていた。

「これは……確か、マリアが好きな……」

そうか、そうだよな。あいつの身体《からだ》が見つからない以上、ここに花を供えるしかないよな。

俺は拳をギュッと握りしめる。身体の中に渦巻くのは耐えがたい怒りと憎しみ、そして、無力感だけだった。

「……ここに名を刻まれるのは俺の方がよかったんじゃないか？」

今はいない親友に語り掛ける。だが、答える奴《やつ》はいない。

「とは言っても、俺じゃ魔王は止められっこなかったか……」

突然現れた圧倒的な強者。身体の芯から震え、絶対的な死を感じさせられた。

「なぁ……？　俺はこれからどうすればいいんだよ……？」

雨に濡《ぬ》れる石碑を見ながら、俺はぽつりと囁《ささや》くように問いかける。

「教えてくれよ……クロムウェル……」

まるで許しを請うかのような声色。俺の頬《ほお》には雨ではない水滴が流れていた。

「……ん？」

なんだろう。今一瞬名前を呼ばれたような気がしたんだけど？　気のせいか？

「パパ？　どうしたの？」

隣で手をつないでいるアルカが不思議そうに俺を覗《のぞ》き込《こ》んできた。

「……いや、なんでもない」

呼ばれるわけないか。ここは魔族の街で、俺の本当の名前を知っている奴なんていないだろうし。

ボーウィッドと話をした俺は、今日の仕事は終わりってことで、アルカとセリスに合流してアイアンブラッドの街を散策することにした。まぁ、ようするに観光だ。ここに来てからずっと工場をどうにかすることだけ考えて奔走してたから、じっくり街を見る余裕なんてなかった。

「……あまりキョロキョロしないでください。魔王軍指揮官は田舎者だと思われますよ？」

物珍しそうに街を見渡していた俺にセリスが冷たい視線を向けてくる。ちなみに、セリスもアルカと手をしっかりつないでいる。正直、今すぐに放せと言いたい。純粋なアルカの手を毒舌悪魔によって汚されたくないのだ。

「うるせぇな。この街をゆっくり見たのは初めてなんだからしょうがねぇだろ」

「それは失礼しました。迷子にならないように気を付けてくださいね」

嫌味《いやみ》たっぷりにセリスが告げる。マジでこの女は性格が悪い。こんな奴に惚《ほ》れるのは見てくれにしか目がいかないバカな男ぐらいだろ。俺は絶対にないと言い切れる。

「パパはあんまりこの街のことを知らないの？」

俺とセリスの会話を聞いていたアルカが大きな目を俺に向けてきた。

「ん？　あぁ、仕事で結構来てはいたんだけどな。工場回りしかしてなかったから」

「大変っ！　それじゃママの言うように迷子になっちゃうよ！」

慌てふためくアルカを見て俺の心はほっこりする。なんて可愛《かわい》いんだろう。これで金髪性悪女さえ隣にいなければ完璧なんだけどな。

少しの間、難しい顔をして何かを悩んでいたアルカは、何かを思いついたかのように表情を明るくすると、俺とセリスから手を離した。あぁん、離れていかないでおくれよ、マイエンジェル。

そう思った矢先、アルカは俺とセリスの手首を握る。そして、嬉しそうに笑いながらその二つを近づけた。

ギュッ。

「え？」

「え？」

俺の手に今握られているのは、アルカの小さなお手々ではなく、染み一つない滑らかな手。つまり、セリスの手。

「ママと手をつなげば迷子にならないね！」

満面の笑みを浮かべるアルカ《マイエンジェル》。この状況になかなか思考が追いつかない。

「なっなっなっ……‼」

セリスが真っ赤になりながら何かを言おうとするが、上手く言葉が出てこない。うわぁーこいつ照れてやんのだっせー。顔真っ赤にしちゃってさー。俺は今の自分の顔を鏡で見る勇気がありません。

「じゃっ行こう！　パパ！　ママ！」

アルカは俺達に背を向けると、鼻歌を歌いながら駆け出した。ようやく頭が回り始めた俺とセリスは慌てて後を追いかける。

「たくっ……せっかくアルカと二人きりで楽しむ予定だったのに、どっかの空気読めない悪魔に邪魔されて散々だっつーの！」

「あなたと二人なんてアルカの教育上よくありませんからね。むしろ、さっきまで私とアルカは仲睦《むつ》まじく街を見てたんですから、空気が読めないのは後から来た人なんじゃないですか？」

「はぁ⁉　つーか、指揮官の仕事は終わりなんだから、秘書のお前はさっさと帰れよ！」

「ひ、秘書の仕事の中にアルカのお世話があるんです！　あなたこそ、早急に魔王城に行ってルシフェル様に報告すべきなんじゃないですか⁉」

「そ、そういう面倒くさいことは秘書のお前がやれっての‼」

「私はあなたの便利な付き人じゃありません‼」

「あー！　確かに便利じゃねぇわな！　口うるせぇし！」

「なんですって⁉」

「なんだよっ⁉」

互いに悪態を吐《つ》きながらアルカの後を追う、俺とセリス。眉を吊《つ》り上《あ》げ言い合う二人の姿は、傍《はた》から見れば犬猿の仲に見えるだろう。

それでも、その手はしっかりと握られたままだった。

あとがき

こんにちは、松尾《まつお》からすけです。

この度は『陰に隠れてた俺が魔王軍に入って本当の幸せを掴《つか》むまで』をお読みいただき誠にありがとうございます。そして、私をここまで育ててくれたお父さん、お母さん、本当にありがとうございます。後、いつも誤字脱字のチェックをしてくれた安藤《あんどう》君と、書籍化報告を真っ先にしなかったことを根に持っている加川《かがわ》君もついでにありがとうございます（笑）。

さてさて、書籍化ですよ皆さん？　夢心地というのはこういうことを言うと思います……まさか自分の書いていた小説が本になるなんて想像もしていませんでしたからね！　いやぁ感慨深いなぁ。正直、店頭に並ぶまで本当に本が出るのか疑い続けていました（笑）。

ここまで来るのに紆余曲折《うよきょくせつ》あった、と言いたいところなのですが、基本的には物語を考えて文字に起こしていただけなんですよね。面白エピソードの一つもないなんてまさに書き手殺し。あとがきのネタにすらならんではないか。

そういえばこの作品が自身の初めて書籍化した作品になります！　だから何もかもが初

体験でした。ということでこのあとがきというのも初めて書いているんです。担当さんから「あとがきよろ♪」と言われた時はなりふり構わずチャリで本屋にダッシュしましたよ！　他の方達がどんなあとがきを書かれているのかチェックせねばってね！　……最近のラノベってビニールカバーがかけられているんですね、しょぼーん。

いやいや、あとがきだからって自由に書きすぎでしょ。これはいかん。少しはちゃんとしているところを見せないと、私がちゃらんぽらんということがバレてしまう。とにかく真面目な話をせねば。えーっとですねぇ……それでは私が小説を書き始めたきっかけについてでも語らせていただきます！　私が小説を書こうと思ったのはですね……えっ？　もう尺がない？　まじかよ。生放送とかで時間ぴったりでコメント終わらせる人の凄《すご》さが今わかった。

最後になりますが、この作品を無事に書籍化することができたのは偏《ひとえ》に私の小説を読んでくださった皆様の温かいお言葉の賜物《たまもの》です。それがあったからこそ、こうして今も小説を書いていられます。月並みではありますが、この場を借りてお礼申し上げたいと思います。本当にありがとうございました。これからも私の小説にお付き合いいただければ幸いです。……終わり良ければ全てよしのスタイル。

松尾　からすけ

陰《かげ》に隠《かく》れてた俺《おれ》が魔王軍《まおうぐん》に入《はい》って本当《ほんとう》の幸《しあわ》せを掴《つか》むまで

著　松尾《まつお》からすけ

角川スニーカー文庫　21982

2020年1月1日　初版発行

発行者　三坂泰二

発　行　株式会社KADOKAWA
〒102-8177 東京都千代田区富士見2-13-3
電話　0570-002-301（ナビダイヤル）

印刷所　旭印刷株式会社
製本所　株式会社ビルディング・ブックセンター

Printed in Japan　ISBN 978-4-04-109084-8　C0193

★ご意見、ご感想をお送りください★
〒102-8078 東京都千代田区富士見 1-8-19
株式会社KADOKAWA　角川スニーカー文庫編集部気付
「松尾からすけ」先生
「riritto」先生